デュラララ!!×4

知ってるかい？
街だって、『休みたい』って思う事があるんだ。
残業続きのサラリーマンや、サザエさんを見ている時間帯の学生と同じように。
ただ、まあ、当然だけど——人間がいる限り、街に寝てる暇なんか無い。
それでも、街は休日を楽しむ事がある。
何も昼過ぎまで家でぐうたらする事だけが休日じゃないだろう？
街はね、自分の中を闊歩する人間達を眺め、時には弄ぶんだ。
それが街の休日の過ごし方だ。
だからね、例えば、例えば池袋なんかで、何か奇妙な事に出くわしたりしたら——
街に遊ばれたと思って、割り切るんだ。
そうだね、それで——
できることなら、一緒に遊んでやるといい。

メディアワークス刊　池袋散歩解説書『池袋、逆襲』より
著者である九十九屋真一のあとがきより抜粋

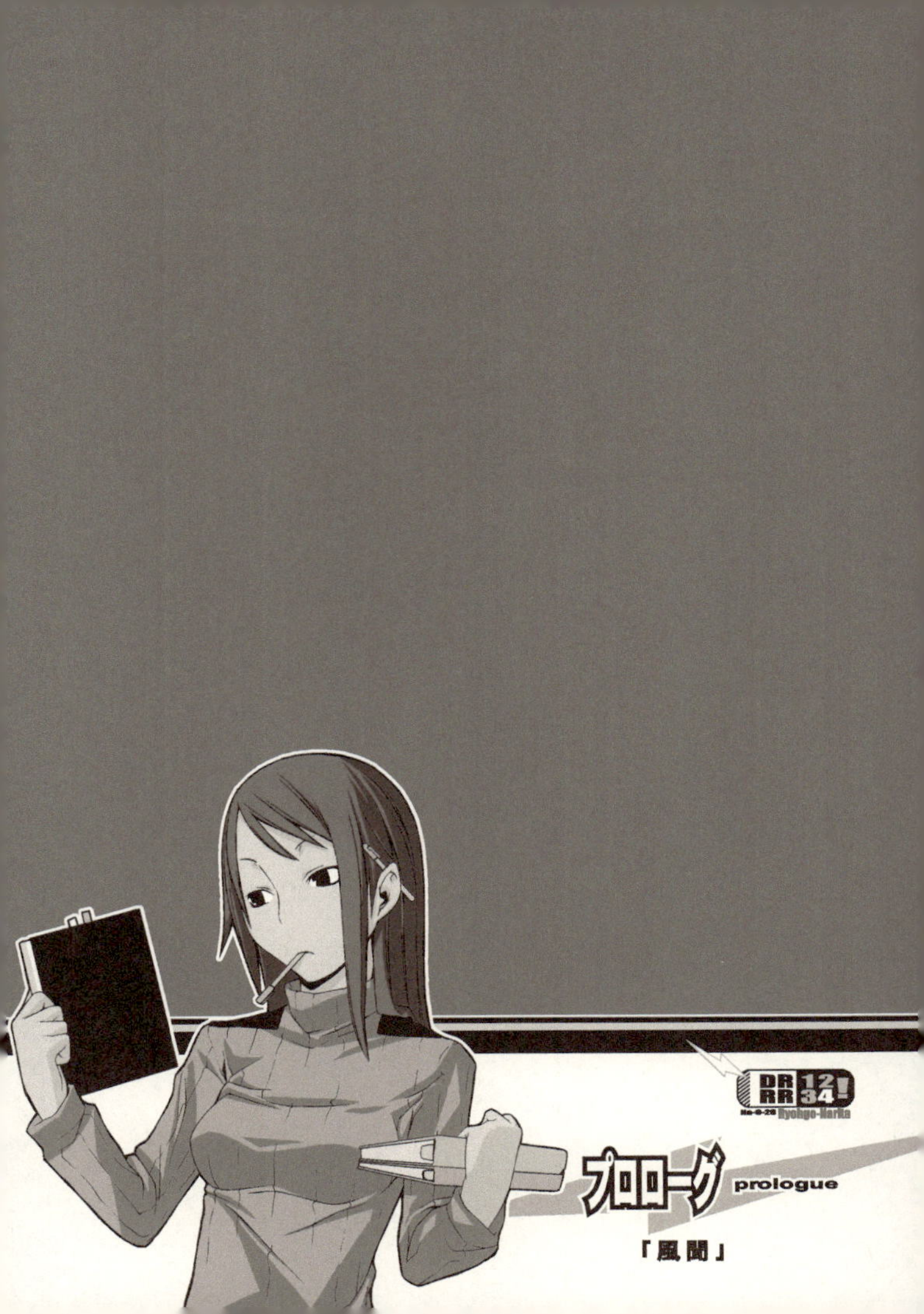

プロローグ prologue

「風聞」

「哲学する殺人機械」

『彼』を形容しようとした男は、そんな言葉を紡ぎ出した。

「こういう二つ名は陳腐だと思うけれど、コンビニで売ってるようなゴシップ本のように見出しをつけるなら、そんな感じだろうね。機械のように仕事をこなすのに、妙な美学を持ってる殺し屋だ」

ロシアで七番目に恐ろしい殺し屋だと言われている、その機械めいた『殺し屋』は――確かに人間離れした存在だった。

今まで殺した人間の数は八十人を超えると言われ、その殺しの内容はある意味で実にユニークな特徴がある。

『彼』は凶器と呼べるものを事前に一切用意せず、全てその場にあるものを利用する。

相手が銃を持っていれば、相手の腕を捻り上げて、ターゲット自身の額を撃ち抜かせる。

調理場の中ならば、包丁は疎か、パスタ伸ばし棒や冷凍庫の中の氷さえをも『凶器』と変えて利用する。

銀行で殺された軍人崩れのチンピラに至っては、喉を新札で切り裂かれて絶命していた。

そんな数々の伝説を持つ殺し屋だが——名前は、誰も知らない。

どこに行けば会えるのかも、どうすれば定期的に連絡が取れるのかも。

顔も知られていないが、その男が殺したという事実だけは先述の事から解る。

「面白いだろう？　ロシアの中で、殺し屋を捜してるような連中がいたとすれば、まあ、適当に捜し出して依頼をするわけだ。そいつは、そういう『殺し屋を捜している奴』を捜しているわけでね。どこから話を聞きつけるのか、そいつの方から依頼主になるかもしれない人間に連絡するらしい」

殺し屋は依頼を受けては速やかに仕事をこなして去っていき、次に仕事をするときには名前を変え、依頼主には二度と会おうとしない。

手口などの共通点から、かろうじて『同一人物であろう』という推測が成り立ち、名前も知られぬまま有名になっていった存在。

「その殺し屋がね……どうも、この国に来たらしいんだよ。なんでもとうとう向こうで身元がバレたらしくてね。過去に殺してきた連中の身内から追われるようになったらしい。ついでに、数年前にロシアのある組織から重大な秘密を持って逃げ出した二人組を始末する為にね」

情報屋の男は、楽しそうに笑いながらそんな与太話を口にした。

それを聞いていた女は醒めた目つきで部屋の書類を整理しており、殺し屋の話にもさして興味を示さない。

「一説によると、そいつは特殊部隊の一人や二人なら不意打ち無しで――いや、仮に向こうに不意打ちされても殺し返せるらしいよ……って、聞いてる？」

「さあ」

現実味がないと受け取ったのか、それとも現実だとしても関心がないのか、女はただ『へぇ』『ふうん』と言った気のない返事を続けていた。

話し終えた情報屋は、苦笑しながら首を左右に振り、同情するような言葉をかける。

「君は本当につまらない女だよねぇ、波江。そんなんじゃ弟に振り向いてもらえないよ」

「振り向いてもらえなくてもいいわ。私は誠二の後ろ姿を見てるだけで満足だもの」

「おや気持ち悪い」

「あら、私は気持ちいいわ。誠二の顔を思い浮かべるだけで、誠二と同じ星の空気を吸ってると思うだけで幸せよ？　満足ではないけどね」

途端に表情に恍惚とした笑みを浮かべ、殊更に気持ちの悪い事を言い出す女。

波江と呼ばれた彼女はすぐに鉄面皮を取り戻し、自らの雇い主である男をたしなめた。

「そういうあなたこそ、そんな漫画みたいな設定の殺し屋の話をしてどうしようっていうの？

首無しライダーや妖刀と関わってる内に感性まで漫画になったのかしら？」

「まあ、否定はしないけどね」

爽やかな笑顔を浮かべながら、テーブルの上にある缶ビールに手を伸ばす。

「その、ある組織から逃げた二人組ってのはさ、黒人と白人って取り合わせらしいよ」

「……」

「今は、池袋で寿司屋をやってるらしい。まあ、そこまで殺し屋が知ってるのかどうかは解らないけどね」


偶然か否か、彼らがそんな話をした丁度その日に――

『哲学する殺人機械』は、池袋の街に舞い降りた。

♂♀

ロシアの殺人機械が日本にやってきたのと同じ頃。

国内でも、不穏な影が蠢いていた。

影と言うには余りにも露骨に、テレビという媒体を通じて国民全体を巻き込みながら。

『これが、今回の事件の現場となった宿泊施設です』

テレビの中のレポーターが、神妙な表情で背後に立つ建造物に手の平を向ける。

あからさまにラブホテルといった外観の建物の前で、レポーターの声は至って冷静に事件の概要を述べ始めた。

『事件が起こったのは本日未明。二階にある部屋から悲鳴を聞いて駆けつけた従業員達が見たものは――全身に返り血を浴びて失神している女性と、その前で体を激しく損傷させて絶命している男性の姿でした』

殺人鬼『ハリウッド』。

それが、ネットによって与えられた連続殺人事件の容疑者へのあだ名だった。

容疑者と言っても、実際に有力な容疑者は浮かび上がっていない。

最初の殺人の際、その犯行を目撃した人間は『リアルな狼のマスクを被った人影』と表した。

次に事件が起こった時は、犯行その物の目撃者はいなかったものの、やはりホテルの三階にあった現場から飛び降りて逃走する影を見て『映画に出てくるような半魚人だった』と証言している。

現在報道しているニュースでも、犯行の一部始終を目撃していた女性は『恐竜の顔をした化け物が、被害者の心臓を直接素手で抉りだした』と証言しており、実際ホテルの防犯カメラに恐竜の顔をした人影が獣のように逃げていく姿が映し出されていた。

後にその映像を見た捜査員の一人が『南米のチュパカブラスの目撃映像を思い出す』と独り言を呟き、的を射すぎていたその声は不謹慎な失笑を買う事となる。

つまりは、それほどに嘘くさく、そしてリアルな映像だった。

被害者に共通していたのは、五体を保ったままで、体が派手に損壊していたという点。ある者は全身のあらゆる場所の肉がもぎり取られており、ある男は陰部と舌と背骨の一部を捻じ切られ、ある者は顔面が握り潰されていたという。

出没する度に様々な映画のモンスターの姿を取る事から付けられた『ハリウッド』という二つ名。マスコミはハリウッドの映画業界や観光業者からのクレームを恐れて大々的には報じなかったが、ネット上では割とポピュラーな『伝説』となりつつあった。

かつてアメリカには、様々な仮装をして強盗を繰り返すカップルが居たと言われているが、この事件の犯人に関しては、仮装というレベルでは済まされない。

何しろその殺人鬼は、実際に壁やドアを素手で壊し、残虐性も併せ、本物のモンスターさながらの暴虐を実行してのけたのだから。

容疑者も、その目的も見当が付かないまま、人々は殺人鬼の影に怯え続け——現場から離れた場所で事件を知った者達の中には、不謹慎ながらも興奮してショーのように事件を見守る者も多く存在した。

関東近郊を中心に起こるその連続殺人事件は、まさに現在、日本国内で最も注目されているゴシップであり――犯人である『ハリウッド』は、姿を見せぬまま世界にその存在を刻みつけていく。

そして、今日――

殺人鬼は、池袋の夜に浮かび上がる。

♂♀

奇しくも同じ日に池袋に現れた二つの影。

彼らは必然か偶然か、夜の街にて邂逅する。

二人の間にどのようなやり取りがあったのかは解らない。

一つだけハッキリしているのは、二人の目には互いに対する敵意があったという事。

最悪とも言われる二つの組み合わせが出会い、殺意を抱き、実際に殺し合う。

池袋の街は理不尽な殺意に巻き込まれ、2ヶ月前の『リッパーナイト』を超える惨劇が、大口を開けて池袋の街を呑み込もうとしていた――

筈だったのだが——

♂♀

繁華街ではネオンが輝き、すっかり夜の帳が下りた池袋。

その中心部から少し外れた公園の中で——

ボクリ、と、お寺にある巨大な木魚を電車で跳ね飛ばしたような音が鳴り響く。

殺し屋と殺人鬼の火ぶたが切られた直後——殺し屋はいつものように、手近にある中で最も凶器として使える物体を手に取った。

彼らのすぐ横のベンチに座っていたチンピラ風の青年達。

夜食のつもりか、コンビニ袋から握り飯などを広げていた、いかにもと言った顔つきの青年達。何故かその横には不釣り合いなアタッシュケースが置かれており、殺し屋は迷う事なくそれを手に取った。

まさに神速。

普通の人間には何が起こったのか解らない程の速度。さらに、流水のように滑らかで、最大限に効率の良い動き。

一陣の風と化した殺し屋『殺人機械』は、アタッシュケースを掴み——最高のタイミング、最高の角度、最高の速度で殺人鬼『ハリウッド』の顎先へと叩き込む。

だが、アタッシュケースの角が殺人鬼へと到達する直前——

不自然な体勢から繰り出された手刀が、アタッシュケースを豆腐のように貫いた。

破壊されたケースの中から書類や紙幣、へし折れたペンやそこから溢れるインクの滴が弾け飛ぶ。

互いの目にはその光景がスローモーションに映り、研ぎ澄まされた感覚は互いの動きを鮮明に捉え合った。

脇目には、呆けた顔をするチンピラ達の姿が見える。

驚異は無いと二人は判断し、そのまま相手の動きに全てを集中させた。

お互いの力量は五分と五分だろうか。いや、仮にどちらかの実力が上だとしても、このような形で対立した状況では、様々な要因で勝敗は簡単に裏返るだろう。

それぞれの脳味噌の片隅でそんな計算が行われるも、意識になんら変化はない。

ある意味で似た者同士である二人の殺人者は、そのまま殺戮の宴に身を投じていった。

投じてしまったのだ。

二人だけの世界に、意識を、警戒を、己の全てを。

だからこそ、彼らは気付かなかった。

相対する殺人者同士は気付かなかったのだ。

アタッシュケースの持ち主であり、ベンチで呆けた顔をした二人組——

彼らの一人が、酒場でもないのにバーテンダーの服を着ていたという事に。

そして、殺人者達は知らなかった。

池袋で、絶対に喧嘩を売ってはいけない人間の存在を。

例え殺し屋だろうが殺人鬼だろうが大統領だろうが宇宙人だろうが吸血鬼だろうが首無しの化物だろうが、絶対に絶対に喧嘩を売ってはいけない人間の存在を。


そして、『木魚の音』が訪れる。


音の直前、二人は見た。

互いに接触しようとした刹那、視界の端に——口元を引きつらせたバーテンダーと、その片手に持ち上げられている公園のベンチという不自然なシルエットを。

地面に足が埋め込まれていたベンチを無理矢理引っこ抜いたバーテン服の男は——

ただ、叫ぶ。

「このっ……コソドロがあああああぁあっっっ！」

叫び声と同時にフルスイングされるベンチ。

片手という点を除けば、野球選手を思わせる見事なスイング。

常識を超える速度で振るわれた常識を超える凶器は、まず避けようとした『殺人機械』の鼻先に触れ、その顔の一部をスクラップにすると同時に脳味噌と脊髄をシェイクする。

そのまま勢いを失わずに薙ぎ払われた『公園設備』は、一瞬にして殺人鬼の体に迫り――

咄嗟に『ハリウッド』は防御しようとするが、その防御ごと、文字通り吹き飛ばされた。

空を飛ぶように公園の外へと投げ出され、そのまま見えなくなる殺人鬼。

アメリカのアニメでハンマーで殴られたキャラクターが飛んでいくように退場した『ハリウッド』と、脳味噌から意識を飛ばして横たわる『殺人機械』。

アタッシュケースから散らばった現金やメモを集めながら、惨劇に加わらなかったドレッドヘアの男が呟いた。

「おい、静雄。二発目は要らねえっぽいぞ」

とどめとばかりにベンチを振り上げていた男――平和島静雄は、完全に動かなくなっている白人を見て、渋々ながら元あった場所にベンチを嵌め込んだ。

「ああ畜生。こんな夜中に現生を素手で持ち歩けってのか、このコソドロどもが……」

「コソドロ……だったのか？」

訝しげに首を傾げるドレッドヘアーの男を余所に、静雄は何事も無かったかのように公園の入口へと足を向ける。

「ちょっとドンキホーテにアタッシュケースみてえなの無いか捜してきます」

先刻までとは別人のような言葉遣いになると、静雄は近場にあるディスカウントストアの名前を告げ、そのまま駆け足で公園を出て行った。

その背中を見送りながら、金を数える仕事仲間らしき男。

「……しっかし、この街で静雄に喧嘩売るとは、二人とも余所の奴か？」

男はドレッドヘアーを揺らしながら首を傾げ、憐れみ半分、呆れ半分の表情で、横に転がる白人に呟いた。

「この街じゃバーテン服の模様は赤信号より危ねえから気を付けな。もう遅いけどよ」

意識があるのかどうかも解らない相手に淡々と告げると、男はそのまま踵を返す。

「まあ、やりすぎた慰謝料代わりに警察には言わないどくから、俺を恨むなよ？　あと、命が惜しけりゃバーテン服のあいつも恨まない方がいいぞ？」

静雄のベンチでどこかへと殴り飛ばされた目玉のただれたゾンビの顔をした人影の事をチラリと気にかけながら——最後に男は手を振りながら、二人への言葉を吐き出した。

「まあ、その、なんだ。ここはこういう街だ。せいぜい楽しんで行ってくれや」

「池袋にようこそ。なんか色々と凄そうだったけど運が悪かったお二人さんよぉ」

街に、殺し屋と殺人鬼が現れた。
だが、それだけだった。
二つの暴力は、より理不尽な暴力によってあっという間に潰される。
大きな事件となる筈だった殺人鬼達の邂逅を弄び終え——
池袋の街は、ゆっくりと休日を楽しみ始める。
自らの中に内包する様々な存在の機微を眺めながら——
街は、存分に羽を伸ばそうとしていた。

1章 chapter001

大王テレビ　報道特番、『池袋100日戦線』

『池袋という街は、休む事を知らない』

テレビの中から重々しい声のナレーションが聞こえ、画面にはパトカーの中から撮影された夜の街の姿が流されている。

『2ケ月前、「リッパーナイト」と呼ばれる連続傷害事件が起こり、人々を恐怖に陥れた。だが、池袋の夜は今日も変わらぬ息吹で蠢き続けるのだ』

年末などに良くあるような報道特番。

警察のパトロールなどに密着し、事件の決定的瞬間を平和なお茶の間に映し出す。

それらは決して国家を揺るがすような重大な事件ではなく、街の喧嘩や飲酒&無免許運転、盗難車の取り締まりなど、新聞の地方欄にも載らないようなものが殆どだ。

しかしそれらは、映像の持つ生々しさによって、お茶の間に身近な凶悪犯罪としてのインパクトを与え、人々に『夜の街は怖い』という印象を植え付ける。

だが――大王テレビの特番の場合、一つ違う点がある。

『そんな街の血管たる道路の中に、闇夜に踊る不気味な影が……』

映像が切り替わり、一つの有名な映像が流され始めた。

『ヘッドライトもナンバープレートも無く、全体が真っ黒に塗られたバイク。当然、その時点で危険運転である』

やはり、場面は夜の池袋。

しかしながら、その映像は今までのものとは違う、特殊な空気を孕んでいた。

画面の中心に踊るのは、一台の車を追って道路を疾走する黒バイク。

ナレーターが言うように、そのバイクにはヘッドライトもナンバープレートも存在せず、黒いシルエットをそのまま立体的に浮き上がらせたような印象を与えている。

そして——発砲音が響き、そのバイクに跨っていたライダーのヘルメットが大きく仰け反り、ほんの一瞬だけヘルメットが浮き上がった。

しかし——そのヘルメットは、すぐに元あった場所に戻る事となる。

黒いゴムに引きずられるように見えたその光景は、ただでさえ不気味なものだったのだが——

問題は、その一瞬の間に浮かび上がった事実だった。

ヘルメットが浮き上がった瞬間——

その下には、何も無かったのだ。

目の錯覚や、黒い髪の毛等でカモフラージュされていたわけではない。

カメラは、そのヘルメットとライダーの首との間に、ハッキリと銃弾を放った男の乗る車を映し出していた。

その光景を、単純明快な言い方に直すとするならば一言で済む。

『漆黒のバイクに跨るライダーには、首から上がありませんでした』

と、それだけの事で済むのだ。

何もない首の断面から伸びた黒い影がヘルメットの底面を掴み、そのまま自らの首に引き寄せ、固定する。

この時点でインチキめいた映像となるのだが、そのインチキ臭さが、報道というジャンルと組み合わされる事によって逆に奇妙なリアリティを生み出した。

更に——そのライダーにはもう一つ不気味な特徴がある。

銃撃を受ける直前から振り回していた、艶の全くない、真夏の影のように黒い得物。

だが、それは武器と呼ぶにはあまりにも歪なものだった。

ライダーの身長の倍、およそ3メートルはあろうかという柄と、同等の長さの刃渡りを持つ、漆黒の大鎌。

カメラマンは最初にそれを撮影した瞬間、暴走族が族旗を振り回しながら走っているのだと勘違いした。ライダーは、それほどまでに巨大な柄を手にしたまま走行していたのだ。

タロットカードの死神が持っている鎌を車のライトで照らし出し、壁に映し出された影を切り抜いた──そう思わせる程に、巨大で淀みのない黒、黒、黒。

『愉快犯か暴走族の一員か。その正体は未だに警察にすら摑めていない』

もはやそういうレベルではないのだが、報道番組という体裁からか、『妖怪』や『化物』といった単語は使われない。

しかしながら、愉快犯でも暴走族でもなく──人間ですらない『何か』である事は、見れば誰でも解る事だった。

にも関わらず、多くの人々は、なんとなく『あれが人智の及ぶところではない何かだ』と理解はしても、『納得』はしない。

だからこそ──マスコミの半分は、『それ』に何かの意味を与えようとした。

もう半分は──その『納得できない点』を納得させ、一つの商売にすべく動き始める。

現代に具現化した、本物の怪異。

数年に一度訪れるオカルトブームのきっかけとして、あるいはその怪異を否定する為に、相反する思いを持った人々が、共に首無しライダーの正体を白日の下に曝そうとしていた。

そうした経緯もあり、マスコミがその正体を追い続ける謎の存在『首無しライダー』。

一部の記者には『本物の化け物だ』と叫ぶ者もいる。

本当に首が取れたようにしか見えないテレビカメラの鮮明(せんめい)な映像。

作り物というにはあまりに生々しいその光景は、妙(みょう)な説得力をもって人々の中に一つの噂(うわさ)を広めていった。

首無しライダーとは、現実と都市伝説(でんせつ)の狭間(はざま)に存在する者であり、人々の噂が寄り集まって生まれた存在なのだと。

現実に、池袋を数日うろつきさえすれば誰でも目にする事ができる都市伝説。

そんなデリケートな立ち位置に置かれた存在を、今日も多くの探求者(たんきゅうしゃ)達が追い続ける。

しかし、決定打(だ)となる情報は未だ報道されず、『首無しライダー』は正体が完全に闇(やみ)に包まれた『現代の謎』の代表格(かく)として社会の中に溶け込んでいた。

そして、当の謎本人は――

練馬区(ねりまく)の片隅(かたすみ)で、ちょっとしたアルバイトに明け暮れていた。

♂♀

練馬区某所

眩しい光が、白い肌を包み込んでいる。

現実と幻の境界を曖昧にさせる強烈な光彩の下にあるのは——一糸まとわぬ女性の肢体。

適度に鍛えられた腹筋の上には形の良い双丘が揺らいでおり、その柔らかい谷間に、白魚のような指が滑り込む。

指を這わせたのもまた女性であり、金色の髪をライトの明かりに煌めかせていた。

女医か研究者を思わせるような格好をしており、金色の瞳が特徴的な童顔でありながら、体を包む白衣がどこかアンバランスな印象を与えている。

顔とギャップがあるのは服装だけではなく、白衣を纏ったその下には、ベッドに寝そべる全裸の女性よりも扇情的な肢体を持ち、それを無意識のうちに艶めかしくくねらせていた。

金髪の女の方がドロリとした肉欲を掻き立てる体つきだとしたら、ベッドに横たわる女性の方は健康的な色気を感じさせ、二つの魅惑的な体が強い光の中に浮かび上がっている。

全裸の女の胸を這っていた指は、滑るような動きで腹部へと移動し、臍の周囲を軽やかに撫で抜いた。

その部分だけ見れば、実にエロティックな光景であると言えるのだが、ある一つの違和感が、その全てを台無しに、あるいは非常にアブノーマルな光景へと仕立て上げている。

もっとも、違和感というにはあからさま過ぎる特異点だった。

なにしろ、ベッドに寝かされた方の女性には——

首から上が、存在しなかったのだ。


首の上部に見える断面は、切断されたというよりも、最初からそういうパーツとして作られたと思える程に滑らかな姿を見せている。

断面は黒い影に覆われており、本来見える筈の食道や背骨は見えなくなっていた。

だが、それをさしおいても、端から見れば死体の体を触っているようにしか見えない。

白人の女医と、検死される女性の変死体。

首の有無ひとつで、そんな色気の無い光景になる状況だが——白衣の女は首無しの『肢体』から手を離すと、色気とも検死の空気とも違う雰囲気の声を口にした。

「はい、終了して終わりましたでございます！　片棒を担いで頂きまして感謝しますのです！」

彼女の妙な日本語が紡がれるや否や、更に空気を読まない現象が巻き起こる。

首のない女性の手が蠢いたかと思うと、黒い何かが湧き出した。

それは気体というよりも空気に混ざる液体といった形容が相応しいだろう。

黒い色から更に光の反射を奪ったその色彩は、黒というよりも『影』や『闇』と称した方がいい代物だった。

『影』は湧き出す傍から全裸の肢体を包み込み、意思を持っているとしか思えない動きで白い肌に吸い付いていく。

白衣の女はその様子を興味深げに観察しているが、特に驚いている様子は見られない。

更に数秒の時を経た時には——ベッドに横たわっていた首無しの女性の格好が、全裸から漆黒のライダースーツへと変貌を遂げていた。

もっとも、首が無いという重要な点は全く変わっていなかったのだが。

黒いライダースーツの女は、首が無いにも関わらず何事も無かったかのように起き上がり、手近な机に置かれていたPDAを手に取った。

器用に文字を打ち込み、異形の存在はその画面を白衣の女に見せつける。

『片棒を担いだ、じゃない。協力した、が正しい』

「あれれ。謝罪しましたです。恐縮のしようもないでございますです」

『……漢字は読めるんだよね……。まさかその日本語、キャラ作りの為にわざとやってるんじやないだろうね？』

「そんな事は確固たる疑いの事実として虚無の事ですするよ？　ピンカラリのぷぅ」

無邪気な微笑みを浮かべる白衣の女に、首無しライダーは肩を竦めながら文字を打った。

『肯定か否定かも良く解らない……。いいからエミリア、今週の分の日当を頂戴。あと正確には「とっぴんぱらりのぷう」だよ。ピンカラリはロバのパン屋さんだ』

「もう、速攻で報酬の話は算盤高い事ですます。可愛さをもっと上昇志向で行くのが正しい平成浪漫大和撫子だと考えるのですよ？」

『いや、大和撫子って、私はアイルランド出身……』

首無し女の反論に対し、エミリアと文字盤に書かれた女は、少し拗ねたように顔を俯かせて言葉を紡ぐ。

「今は池袋人ですなり！　それと、小生の事は『お義母さん』と呼んでくれると感謝電撃三拝九拝雨あられですます。マミーでも許可です。マンマミーヤ」

『いや……それは、その、確かに新羅とは将来的な関係を考えているが、まだ結婚とかそういう具体的なのはっていうか、ほら、エミリアは私は疎か新羅よりも年下なわけだし、それを母親呼ばわりするのも』

どこか照れた仕草で体をくねらせるが、首から上が無いので赤らめる頬も存在せず、頭を吹き飛ばされたゾンビか何かが不気味に足掻いているようにしか見えなかった。

『とにかく、早く日当！　その為に人体実験なんて嫌なものを我慢して受けてるんだから。ところで、最後の触診にはなんの意味が？』

「ああ、湯上がり玉子皮膚、とっても綺麗で滑らかだからただ密接にタッチして悦楽に浸りたかっただけの事ですますよ？」

『……怒らないでおいてあげますから、大人しく一週間分の日当を渡して下さい』

「ハイハイ、落ち着いて下さりませです。慌てる住所不定無職は貰いが少ないですの事よ？」

話を逸らすように言いながら、エミリアは静かに紙袋を差し出した。

【謝礼　セルティ・ストゥルルソン様へ】

と手書きで書かれた茶封筒の中には、福沢諭吉が見事に100人。

指先に多数の影を蠢かせて手早く中身を確認すると、首無しの異形は上機嫌となり、記号混じりの文字列をPDAに紡ぎだす。

『確かに☆　毎度あり♪』

一週間分の給金というには余りに法外な額を受け取った首無し女——セルティ・ストゥルルソンは、軽やかな足取りでその研究室を後にした。

地下の駐車場にまで出た所で、セルティはその片隅に停めてあるバイクに目を向ける。

雨よけのカバーにすっぽりと包まれたバイクだったが、奇妙な事に、そのカバーはよく見られる銀色ではなく——セルティの体を包むものと同じ、艶のないダークブラックだった。

彼女がカバーに手を触れると、雨よけカバーは瞬時に霧散し、黒い粒子となって空気中に溶け込んでいく。

ちょっとした魔術とも言える光景だが、セルティ本人は至って自然体で、中から現れた黒いバイクに跨り、ハンドルに掛けておいたヘルメットを首に載せた。

夜の街を駆ける首無しライダーと、ライトもナンバーも存在しない黒バイク。

世間から好奇の視線を一身に集めているその組み合わせは、自分が謎の存在であるなどという自覚など微塵も感じさせず——

馬の嘶きのようなエンジン音を響かせ、夜の池袋へと飛び出した。

♂♀

セルティ・ストゥルルソンは人間ではない。

俗に『デュラハン』と呼ばれる、スコットランドからアイルランドを居とする妖精の一種であり——天命が近い者の住む邸宅に、その死期の訪れを告げて回る存在だ。

切り落とした己の首を脇に抱え、俗にコシュタ・バワーと呼ばれる首無し馬に牽かれた二輪の馬車に乗り、死期が迫る者の家へと訪れる。うっかり戸口を開けようものならば、タライに満たされた血液を浴びせかけられる――そんな不吉の使者の代表として、バンシーと共に欧州の神話の中で語り継がれて来た。

一部の説では、北欧神話に見られるヴァルキリーが地上に堕ちた姿とも言われているが、実際のところは彼女自身にもわからない。

知らない、というわけではない。

正確に言うならば、思い出せないのだ。

祖国で何者かに自分の『首』を盗まれた彼女は、自分の存在についての記憶を欠落してしまったのだ。それを取り戻すために、己の首の気配を追い、この池袋にやってきたのだ。

首無し馬をバイクに、鎧をライダースーツに変えて、何十年もこの街を彷徨った。

しかし、結局首を奪還する事は叶わず、記憶も未だに戻っていない。

セルティは、今ではそれでいいと思っている。

自分が愛する人間と、自分を受け入れてくれる人間達と共に過ごす事ができるのならば、今の自分のままで生きていこうと。

強い決意を胸に秘め、存在しない顔の代わりに、行動でその意志を示す首無し女。

それが――セルティ・ストゥルルソンという存在だった。

♂♀

池袋　某国道

都心部に向かう道にバイクを走らせ、セルティは上機嫌で今後の事を考えていた。

――いやー、まさか一週間だけで100万も臨時収入があるなんてな。

――これで、新羅の奴に新しい眼鏡でも買ってやろう。

新羅というのは、彼女の同棲相手の闇医者であり、相思相愛のカップルでもある。

首の無いセルティを心だけでなく外見まで愛しているという変わり者ではあるが、セルティもそんな闇医者の事を心の底から愛していた。

愛しい奇人の喜ぶ顔を想像してますます上機嫌になったセルティは、そのまま残金の使い道にまで想像を巡らせる。

――あとは、新しいモバイルノートを買って……

――そうだな、ヘルメットもそろそろ新調しよう。

先刻のようなバイトは、彼女にとっては予定外の収入であり、貯蓄などとは別に思う存分使う事ができるボーナスのようなものだった。

普段は運び屋として収入を得ている彼女だったが、その収入の殆どは将来の為の貯蓄に当てている。

今回のバイトのきっかけは、一ヶ月ほど前に新羅の父親を追って池袋にやって来たエミリアとの出会いだった。

海外の大手企業の製薬部門に所属している彼女は、セルティに堂々と『体を弄らせてくれ』と口にした。

無論セルティは最初は嫌だ嫌だと断ったのだが――切開や細胞摂取を最低限にすることや、女性研究員のみの接触とすること等の条件を呑ませた上で渋々ながら引き受ける。

もっとも、エミリアから提示された報酬の額に食指が動いたというのもあるのだが。

――まったく、一昔前なら、お金を持ってても新羅に預けるしかなかったからな。

――今は、ネットで大抵のものは買えるようになったしなあ。文明万歳だ。

妖怪らしからぬ事を考えながら、セルティは尚も俗っぽい想像を巡らせる。

――私の場合、バイクに金が掛からないのが便利だなあ。シューターの奴の毛並みを整えるブラシ代だけで済むし。こいつ、ステッカー貼られるのとかも嫌いだからなあ。

コシュタ・バワーの愛称だろうか。自らの愛馬でもあるバイクをシューターと呼びながら、そっとバイクの一部を撫でてやる。

それが嬉しかったのか、普段は無音で走るバイクのエンジン部から馬の鳴き声のようなものが響き渡り、すれ違う歩行者達を驚かせた。

――ふふふ、可愛い奴め。

愛馬の嘶きを聞きながら、彼女はまるで遠足の前日に菓子を買う子供のように、１００万円という大金の使い道を夢想する。

――ああ、まだ70万円はあるなあ。

――欲しかったＤＶＤレコーダーも買おう。ビデオデッキからダビングできるタイプのを。

――これで、取り溜めてた『ガッテン』とか『ふしぎ発見』とか『テレビ特捜部』とか『月9ドラマ』とか『相棒』とか『なんでも鑑定団』とかのビデオをコンパクトに纏める事ができるぞ。

――あとは、あとはええと……そうだ、新羅の奴に何か旨いものでも食わせてやろう。あいつ、鰰の三五八漬けが食べたいとか言ってたな。……この時期って鰰は出回ってたっけ？

既に暦は4月の中旬に達しており、鰰の季節は終わっているのだが――それ以前の問題として、セルティは肝心の調理をどうしようか悩んでいた。

彼女は首から上が無い故に、当然ながら舌も存在しない。

自らの体から湧き出る『影』がレーダーの役割でも果たしているのか、原理は不明だがセルティは視覚や聴覚、嗅覚までも存在している。

ただし問題があり、もともと食事の必要が無いせいか味覚までは存在せず、自分の感じている臭いが新羅達と同じなのかどうかも解らない。

よって、レシピ通りに料理を作れば形はなんとかなるのだが、肝心の味の調整が自分ではできないのだ。

長年の訓練の甲斐あってか、かに玉やスクランブルエッグなどの玉子料理は新羅好みの味にできるようになったのだが——他の料理に関しては本当に『レシピ通り』の料理しかできない上に、砂糖と塩を間違えても自分で味見ができないので新羅が口に入れるまで気が付かないという状態である。

——誰か、料理が上手い奴を見つけて本格的に習わないとなあ。

……杏里ちゃんとか狩沢とか、料理はどうなんだろう？

脳内で女性の知り合いを何人か浮かべるセルティだったが、どれも『料理達者』というイメージとは遠い。エミリアは和食に関してはアウトだろうし、他の女性の知り合いも一癖も二癖もあるような面子ばかりである。

——やれやれ、主婦ってのは凄いなあ。

人間に対して素直に感嘆した化け物は、すっかり日の落ちた夜空を見上げて肩を竦めた。

街の明かりに消されて星は殆ど見えず、月だけがポッカリと自らの存在を誇示している。

——しかし、まあ、こんな事を考えていられるって事は、幸せなのかもな。

——先月、エミリアが家に来たときはどうなる事かと思ったけど……。

エミリアは形式上は同居という事になっているが、週の殆どを研究所で寝泊まりしている為、実際には殆ど家に寄りつかない。

代わりに実験台になるという日常が訪れたが、それもなんとか最低限の被害と、収入という見返りで乗り越えた。

信号が赤に変わり、彼女は停車しながら人間らしい生活をしている自分の状況に安堵する。

——ああ、これだよ、これ。私が求めていたのは。

愛する人と何気ない日々を過ごす。

異形である自分にとって、それが如何に幸福であるかを実感し、自分の感情が柔らかい温かさに包まれていくのを楽しむ首無し騎士。

——本当に、エミリアを「義母さん」って呼んでやってもいいかもなあ。

——新羅の奴、どんな顔するかな？

あたふたするであろう恋人の顔を想像し、セルティは穏やかな気持ちで信号が変わるのを待ち続けた。

だが——

人間達は、そんなセルティの日常など知るよしもなく——

あくまで、彼女を非日常の象徴として奈落の底へと突き落とす。

「すいません、ちょっといいですか？」

――ん？

突然掛けられた声に、セルティは周囲に意識を向け、それに合わせてヘルメットを左右にぐるりと回す。

と、信号待ちしている自分に対し、恰幅のいい男がマイクのようなものを向けている。

――？　私か？　なんだこいつ？　なんで道路の私にマイクを向けてるんだ？

ガードレール側に停車しているセルティのバイクに近づいてきた男は、ガードレールを挟んだ歩道の中から、セルティに対して神妙な面持ちで言葉を紡ぐ。

「私、大王テレビの福見と申しますけれども、ちょっとお話を伺いたいのですが」

――げ、まさか。

セルティは男から少し離れた場所にテレビカメラを持った別の男や、更に離れた場所に私服の男達が立っている事に気付き、福見と名乗った人物の目的を敏感に察知した。

「現在我々、池袋の報道特番を作る為に取材に来ているんですが……。貴女のバイク、ライトもナンバープレートもついてませんよね？　これ、明らかに法令違反ですよね？」

正論を吐きながらセルティを睨め付けるレポーター。

残念な事に、信号が青になる気配は見られない。

――くそ、ここの信号長いんだった。

ライトとナンバーを付けないバイクが信号を気にしている。

ある意味で滑稽な光景ではあったが、レポーターはクスリとも笑わずに自分の言葉を続けていく。

「数年前から目撃されている黒バイクというのは、貴女の事で宜しいんでしょうか？　一体なんの目的で、こんな危険なバイクで街を走行しているんですか？」

刹那――バイクのエンジンが短く唸る。

グルル、と獣が唸るような、底冷えする威圧感を持った唸り声。

レポーターは一瞬それにビクリとし、通常のエンジン音を立てないバイクにも激しい違和感を覚えたが、すぐに気を取り直して質問の続きを口にした。

「なにか答えて下さいよ。あなた、自分が犯罪を犯しているという意識はあるんですか？」

――あー。

――どうしよう……。だんまりを決め込んでも、世間的には印象悪いよなあ。

――私はともかく、私と一緒に居るところを見られた人達が犯罪者の仲間扱いされるのも忍びないし……。かといって私じゃナンバープレートなんて取得できないし、ヘッドライトはシューターが嫌がるし……。

頭の中で思索にふけるが、どうにも打開策が見つからない。

確かに、運び屋という仕事をしている以上法令に触れるものを運んだ事もある。このバイクも明らかに道交法に違反している。

だからと言って、素直に『化け物なので見逃して下さい』などと言うわけにも——

——……ん？

——言ってもいいか。

——報道番組なら、逆にあり得ないものを見せればフィルムを没にするだろうし、視聴者もCGのインチキ映像だと思うかもしれない。

——どのみち、一回撮られてるしな。

ならばとばかりに、セルティは懐からPDAを取り出し、レポーターに向けて文字を打つ。

「……？　なんですかこれは？　えー……、どういう事ですかこれは？」

初めてセルティからコンタクトされた事にとまどった記者は、何事かと思いつつPDAの文字と彼女のヘルメットを見比べていた。

それも無理の無い事で、PDAの画面に羅列された文章は、ただ一言、次のように書いてあるだけだった。

『この子は馬だから、ヘッドライトもナンバーもありません』

「あの、ふざけてるんで……うわっ!?」

レポーターが眉を顰めながら声をあげかけ、驚愕の声と共に全身を硬直させる。

黒いバイクのシルエットが歪に蠢き、その体積を倍近くまで増やしていく。

明らかに物理法則に反した動きで、『それ』は機械的なフォルムから生物的な姿へと形を変え——僅か数秒の後に、漆黒の馬へと変貌していた。

しかしながら、その馬には違和感が一つ。

「ひ、ひぁ……」

変身したという事実よりも、その変じた後の姿そのものに恐怖の声をあげるレポーター。

それも無理の無い話だろう。

首無しライダーの愛機であるヘッドライトの無いバイクは、その特徴を見事なまでに受け継いでいたのだから。

すなわち——

その馬には、頭部が存在しなかった。

——ふふ、富士の樹海にドライブに行ったとき以来だな。馬の姿に戻したのは。

途中で途切れている首筋を撫でながら、セルティはどこか誇らしげにレポーターへと向き直った。相手は立ったまま体をガクガクと震わせているが、セルティは特に気にせず、毅然とした態度でＰＤＡに文字を打ち込んだ。

『ご理解頂けましたか。それではこれで失礼します』

——馬って確か自転車と同じ軽車両扱いだよね？

そんなことを考えながら、セルティは信号が変わるのを待つ事にした。

こんな映像を流した所で、一般人から見れば『あのテレビ局はとうとう特撮映画と報道の区別も付かなくなったか』と揶揄されるだけだろう。

案外、この世界で『異形』の存在がハッキリと報道されていないのは似たような理由からかもしれない。

交差する側の道路の歩行者信号が点滅を始め、あと僅かで信号は青になる事を確認したセルティは、ＰＤＡを懐にしまいながら如何に派手に立ち去るかを考えていた。

だが、次の瞬間——

「おい」

ぞわり、と、セルティの背筋と心に怖気が走る。

「待てや、化け物」

聞き覚えのある声が背後から響き、血が通わない筈のセルティの全身が、まるで生きたまま解剖された蛙の心臓のようにドクドクと波打った。

振り向いてはいけない。

振り向かなくてはいけない。

本能と理性が、互いにセルティの全身に警告を発する。

背後に、いる。

後ろには、どうしようもない何かがいる。

それを確認して対策を練らなければと思う自分と、一秒でも早く逃げ出さなければならないと思う自分が相反し、それがセルティの心を激しく波立たせた。

ギチギチと背骨が鳴るのを感じながら、セルティがゆっくりと背後に意識を向けると——

そこには、白バイに跨って爽やかな笑顔を浮かべる交通機動隊員の姿が確認できる。

かつてセルティに『恐怖』を植え付けた交機の人間は——嬉しさと怒りが半々といった表情を浮かべ、アクセルを握り込みながら淡々とした問いを口にした。

「軽車両でも、無灯火運転には罰則があるって知ってるか？」

刹那、信号は青に変わる。

同時に、セルティの平穏な時間は終わりを告げ——

恐怖に彩られた、化け物と人間の鬼ごっこが幕を開けた。

もっとも、この場合——

異形と人間の立場は、完全に逆転していたのだが。

♂♀

激しい嘶きが池袋の夜を劈き、その振動に合わせてシューターの巨軀が蹄を鳴らす。

バイクの形態に戻す事も忘れ、セルティはハンドルから変じた手綱を強く握りしめた。

セルティの愛馬であるシューターは、元々は馬の死骸や馬車の残骸に憑依、融合させた『使い魔』と言える存在だ。日本に来た際にスクラップ置き場で見つけたバイクの廃車をも融合させ、現在は三つの形態を取る事ができる。

単体で走る首無し馬。

更に、その馬に、状況に応じた形状の馬車を牽かせた姿。

そして、現代社会に合わせたヘッドライトの無いバイク。

現在は馬車など出している暇はない。

セルティは背後から迫る白バイの排気音に怯えながら、力強い蹄の音を響かせる相棒に身を託す。

前方で、信号が再び赤になるのが見えた。

交差する道に車が走り始め、このまま突入すれば事故は免れないだろう。

セルティ自身はともかく、信号無視してきた首無し馬に驚いた通常車両が大事故を起こしかねない。そして、セルティはそこまで人でなしにはなりきれなかった。

――くっ！

歩道に誰もいないのを確認すると、セルティは手綱を巧みに操り、愛馬を大きく方向転換させる。スピードが落ちた瞬間に背後から重いプレッシャーを感じたが、怯んでいる暇はないとばかりにそのままコシュタ・バワーを大きく跳躍させる。

ガードレールを飛び越え、漆黒の巨体はそのままビルの壁に突進し――

首無しの馬は、そのまま壁に着地した。

蹄の一つ一つから影がにじみ出し、コンクリート製の壁の表面と融合していく。

まるで人智を超えた強さのマジックテープが足と壁に張り付いているかのような動きで、セルティを乗せたシューターは恐ろしい速度で壁を垂直に駆け上がった。

「はん！　逃がすか！」

明らかに常軌を逸した光景だが、白バイの男は微塵も動じた様子は無い。

走行しながらバイクを一八〇度ターンさせて強制的に停車すると、そのままセルティの動きを見極める。

一方のセルティは地上から刺さる視線を感じながら、今後どのように逃げるか算段を立てた。

――ヤバイ。ヤバイヤバイヤバイ。まずい。どうしようもないぐらい凄くどうしようもない

ぐらい凄くどうしようもないぐらい、まずいぞ。

頭の中で言葉が上手く纏まらぬまま、とりあえず屋上にまで駆け上がるセルティ。

小さなマンションらしきその建造物の最上部で一旦足を止め、逃げる為の思案を巡らせた。

──そ、そうだ。いっそのこと──

そして、彼女は一つの『策』を実行する。

♂♀

新宿区　某マンション

その時、折原臨也がテレビを見ていたのは、決して偶然ではなかった。

『池袋１００日戦線』。

情報屋の自分にとって、それほど目新しい裏情報が得られるとは期待できない番組なのだが──生放送で現在の池袋の様子を撮るという企画があり、そこでなにか面白い事でも起きないかと興味本位で視聴していたのだ。

既に波江は自分のマンションへと帰った後であり、つい先刻に大きな仕事を終えた臨也は手製のフレンチトーストを食しながら番組を観覧していたのだが──

「……あー。流石の俺も、この状況は予想できなかった」

池袋の夜の様子を生放送で取材していたレポーター達の背後で、たまたま信号待ちで止まったバイクにヘッドライトが無かった事から、番組は突然ホラー映画へと趣旨を変え、更にその直後、クライムアクションへと変化した。

バイクを馬に変じさせたセルティと、それを追う白バイ。

「あの白バイが噂に聞いてた葛原金之助って奴かな？　タイミングがいいんだか悪いんだか」

笑っているのか呆れているのか、目を細めたまま息を吐き、緊迫した調子のレポーターの声に耳を傾ける。

『御覧下さい！　どういった仕掛けを用いたのか、馬のようなものに騎乗した不審人物が、ビルの外壁を上って屋上へと移動しました！　今、交通機動隊の方が無線で応援を呼んでいる模様です！』

「セルティは本当に俺の予想外の動きをしてくれるね、良かれ悪かれ」

折原臨也は、新宿を根城とする情報屋だ。

セルティとは古い付き合いであり、デュラハンという正体を知っている上に、彼女も知らない秘密を一つ握っている。

それはすなわち、セルティが探し求めていた首を所有しているという事だ。

しかしながら、現在の彼女は首に執着していないようで、臨也としては自分の望む状況の為の道具として隠し持っている次第である。

「あーあー。セルティみたいな存在は、現代社会じゃいないって事になってるのにねえ。むしろセルティが映画に出てくるような宇宙人とかだったら、国や軍が勝手にもみ消してくれるんだろうけど——まあ、無理だろうねぇ」

独り言が趣味なのか、テレビ画面を見ながらケラケラと笑う臨也。

そんな彼の目の前で、画面の中に変化が起こる。

「お？」

『現在、黒い服のライダーは屋上に消えたまま沈黙し……あっ！　あれは何でしょうか！　カメラ越しに解りますでしょうか！　我々の頭上から星が消えています！　黒い！　黒い大きな幕が！　う、うわぁ!?』

レポーターの焦った声と共に、テレビカメラに奇妙な物が映し出される。

街灯の明かりを薄く跳ね返し、巨大な黒い翼のようなものがビルの屋上から飛び出したかと思うと、そのまま緩やかに滑空を始めたではないか。

LIVE

それは漆黒のハンググライダーであり、その中央には馬に跨った人影がぶら下がっているように見える。

　しかし、それにしては余りに翼が巨大過ぎる。

　大きさは既にマンションの幅を超えており、ちょっとした戦闘機よりも大きな羽で星の光を遮っていた。

　骨組みの見あたらぬグライダーは、大きさに反して全く質量を感じさせず、軽やかに空気の上を滑る姿は紙飛行機を連想させる。

　平べったく空を支配する巨影はそのままマンションの谷間から吹く風に乗り、池袋の町を眺める形で低空飛行を開始した。

『「ちっ！　ルパ……世か、テメ……は！　大人し……縄……しろ！」　ああっ！　御覧下さい！　交通機動隊員が何かを叫んで追いかけ始めました！　わっ、我々もあの謎の飛行物体を追い続けたいと思います！』

　そう叫びながらレポーター達は取材車両に乗り込み、白バイの後を追うべくエンジンを噴かし始める。

　すると、先行して発車した白バイが戻って来て、取材車両の運転手に釘を刺した。

『「おい、お前らは緊急車両じゃねえんだから、スピード違反はすんなよ」「へ？　は、はい」「信号も守れ」「は、はい！」　え、えー、運転手が交通機動隊員に何か指示を受けている模様ですが、一旦ここでスタジオにお返しします！』

次の瞬間、テレビの画像が切り替わり、驚いた顔をしているスタジオの司会者達へと切り替わった。

彼らは自分達にカメラが戻ってきた事を確認すると、互いに顔を見合わせてそれぞれの考えを述べ始める。

しかし臨也はそうしたコメントに特に興味を示さず、おもむろにテーブル上の充電ホルダーから携帯電話を拾い上げた。

そして、彼は静かに一つの番号を呼び出し——

♂♀

数分前　池袋某所　アパート内

薄暗いアパートの一室で、二つの影が蠢いている。

画面に映るのは、池袋の『今』を映し出した一つのリアル。

影はテレビの前で身を寄せ合いながら、全く正反対のテンションで会話を紡ぐ。

「奇」

「本当に不っ思議ぃー！　なんでなんで？　ねえ、なんでバイクが馬になっちゃったのかな？　ねえ！　ＣＧじゃないよね！　絶対絶対！　だって超面白そうじゃん！　ヤバいよね!?　無敵超人並にヤバイよね！　シャーマン将軍の木とかスマトラオオコンニャクの大きさぐらいヤバイし不思議だよね！」

「静」

「ああ、ごーめんごめん！　今大事な所だもんね！　でも黙るなんて無理だよ！　ねえこれ今すぐそこなんじゃない？　見に行こうよ！　ねえ！　もう私耐えられないっぽいよ!?　あーもー！　こんなにドキドキしたのって肉食コオロギのリオックとゴライアスバードイーターが戦ってるのを見た時以来だよう！　見たい見たい見ーたーいー！」

テンションの高い方の影は、遠足のバスに乗った子供のようにハシャギながら、横に居た影に裸締めを極めている。

殺人技を露骨に喰らって顔を紫色にしながらも、もう一つの影は冷静に右手を持ち上げ——その手に握りしめていた小さなスプレーを背後の影に向ける。

「……鎮」

そして、中に入っていた液体を、相手の顔面に容赦なく吹き付けた。

「……っ!?　っキャアアアア!?　ごめんなさいクル姉！　落ち着っくっからっ……ケホっ……ケホガッハッ……ゲハッ……ハバネロスプレーは勘弁……！」

咳き込みながら転がり始めたハイテンションな影。

床の上をダンサブルにのたうち回り、いつの間にか頭を床につけてブレイクダンスさながらの回転を始め、してやられた影はそこでようやく落ち着いた。

「はー。きつかったきつかった。クル姉はいつでもスパルタニカルだね！」

妙な造語を使う影の言葉を無視しながら、クル姉と呼ばれた少女は静かにテレビを見続けていた。

「嬉」

「あー、まあ、入学したばっかだからね！　こんなのが居る街が私達の青春の舞台だって考えるとすっげーワクワクするよね！　マジワクだよね！　マジカルだよね！　マジ悪だよね！」

相変わらず意味の解らない事を叫ぶ影を余所に、微動だにしない少女は、画面に映った巨大な黒翼を見て——静かに笑う。

心の底では、もう一つの影と同じぐらい激しい羨望を渦巻かせながら。

♂♀

同時刻　東中野　芸能事務所『ジャックランタン・ジャパン』オフィスビル内

「ワオ！　なんでぇ？　なんでぇなんでぇ、こいつは！」

白く磨かれた床が美しく、全体的に清楚な印象を与える空間の中――それを一切合切ぶち壊しにする声が響き渡る。

「ちょっと凄いんじゃやねえのかい、パワフルなんじゃやねえのかい？　んー!?　グレイトだな！　映画に例えるならジュラシックパーク級か？　それともゴジラ級か？」

怪しい日本語とカタカナ語を織り交ぜながら、奇妙な男がテレビの映像を前に朗々と語っていた。白い肌の上にオールバックの金髪をなびかせ、色の濃いサングラスに無精髭、白いスーツに鰐皮の靴、高そうな指輪をして口には葉巻という、ハリウッド映画の悪役として出てきそうな外見をしたコーカソイドの男だ。

彼の前にあるテレビは、素直に『テレビ』と呼ぶには余りにも巨大だった。画面のサイズだけで100インチにも及ぶ、一般人にとっては規格外のサイズである。

その空間は、アメリカや近年のIT企業に見られるようなタイプのオフィスで、個々の机が衝立によって区切られ、その中ではそれぞれの人間が独立した仕事をこなしていた。

しかし、その騒がしい男とテレビの存在するスペースだけは別で、広く取られた床の上にいくつものソファとテーブルが並び、部屋の奥にあるテレビを観賞できる擬似的な会議室のようになっている。

多くの個別空間とロビーが同じ部屋に存在しているという奇妙なオフィス内で、男は楽しげにテレビ画面に釘付けになる。

「ああ、今すぐにでも池袋に飛んでいきたいよなあ！　そうだよなあ！　うん！　おい、MR.幽平は今日はどうしてる？　池袋に詳しいあいつに案内させて、みんなであのミステリアスなスリーピーホロウの伝説を眺めつつ花見と洒落込もうじゃねえか！」

子供のように目を輝かせている男とは対照的に、テレビの周囲の席に座っていた男達は冷静な反応を見せ、傍にいる物同士でささめきあっている。

「大王テレビの演出か？」「いや、あの番組はそんな層を狙っていない」「プロデューサーに連絡を……」「誰か現場にいる営業はいないのか」「スタジオにいるマネージャーに確認を……」

緊迫した様子で画面に映った異常事態を受け止めている日本人の男達を見て、白人の男は首を振りながら両手を広げ、抗議の言葉を吐き出した。

「ヘイ！　ヘイヘイヘイ、お前ら、社長である俺の意見は無視か？」

「社長、画面が見えないのでどいて下さい」

「あ、はい……ごめんなさい。って、そじゃねえ、そじゃねえだろ！　なんで俺が邪魔者扱いなんだよ？　はッ、外国人の下じゃ働けないってのか？　おいおい、日本人は和の心を大事にする国じゃなかったのか？　お前達は自分の国を貶めているんじゃないのか？」

「社長こそ自分の国のイメージを貶めるのは止めた方が……。あと和を一番乱してるのは社長です。せっかく幽平の映画が順調なのに」

あっさりと答える部下の言葉に、肩を竦めて目を逸らす社長。

彼の名はマックス・サンドシェルト。

米国に本社を持つ俳優事務所『Jack-o'-Lantern』から派遣された、日本支部の社長である。

本社は映画配給会社マクダネル・カンパニーなどと強いパイプを持ち、かなり有力な会社であるのだが、日本では中堅と言った所で、大手と比べてもトップクラスの芸能人が数人と、パッとしない若手が多数という歪なピラミッドで成り立っている芸能事務所だ。

一見すると全く無能な社長だが、どういうわけかプロデュース技術とコネを作ってくる能力、ギリギリでの危機回避能力だけは天才的なので、なんとか社長として認められている。

もっとも――ギリギリの状態に追い込まれるのは、大抵社長自身が原因だったりするのだが。


「くそ、俺の味方はやっぱり自らを芸術にまで高めた可愛いアイドル達だけか。世間に幸せを振りまくエンジェル達だけが俺の事をフォーエバーにアンダスタンだぜ」

哀しげに愚痴を零す社長に、秘書らしい女が恭しく言葉を紡ぐ。

「社長は自分の仕事をこなして下さい。あと花見は先週執り行ったばかりですし、羽島幽平は本日は現場から池袋の自宅に直帰しています。あと、社長は何故アメリカからいらしたのに英語が怪しいのですか？」

「ああぁ、全くつまらない連中だね、おい。ああ、こんな時代だからこそ新しいインパクトが欲しいと思って、あの謎の首無しライダーを見たいと……っと、閃いた！」

秘書の言葉を完全に無視していた社長だが、突然目を見開いて叫ぶと、鼻歌交じりに何処かに電話をかけ始めた。

——また何かろくでもない事を……！

目を輝かせている社長の顔を見て、部下達は互いに溜息をつき、再び言葉を交わし合う。

もっとも、内容は全て社長への愚痴へと変わっていたのだが。

♂♀

同時刻　池袋某所

白バイのエンジン音が遠ざかって行く中——

身動きできずにいたセルティの胸元で、突然携帯電話が鳴り響く。

一瞬全身をビクリと震わせたが、周囲に警官の影が無いと悟るや、おそるおそる通話ボタンを押して耳に当てた。

『ああ、やっと繋がった。……やあセルティ。随分と困ってるみたいじゃないか』

――臨也！

情報屋である知り合いからの電話に、セルティは何故このタイミングで電話をしてきたのかと疑問に思う。しかも、相手の口ぶりからするとこちらの状況を理解しているように思われる。

『なんで俺がそっちの情報を知ってるのか疑問に思ってるんだろう？　安心してくれ、別に君に盗聴器とか仕掛けてるわけじゃない。そんなのを仕掛けた所で新羅の奴にすぐに発見されるからね。あいつ、よっぽど君を独り占めしたいらしくて絶対に君らの家のプライベートを覗き見させないんだよ』

――よし、この馬鹿は後で殴りに行こう。あと新羅には感謝しよう。

無いはずの頭部に血管が浮かんだような錯覚を覚えつつ、セルティは携帯をヘルメットに当てて続ける。臨也とは通常メールで会話する間柄だが、時折こうして一方的に喋る為に電話をしてくる事がある。

とりあえず無駄な電話はしないだろうと踏んで、セルティは尚も通話を続ける事にした。

『しかし、考えたよねえ。まさか――グライダーと君とバイクの偽物を全部影で作って、それを飛ばして囮に使うなんてね』

「……………………」

その言葉を聞いて、セルティは心を引き締める。

――やっぱり何処かで見てるのか？

実際臨也の言った通りであり――彼女は自ら操る『質量のある影』で即座に自分と愛馬の真っ黒な偽物を作り上げ、それを夜空に滑空させて目くらましに使ったのだ。

――ていうか、バレバレか？

警官やテレビカメラがその囮を追っていった隙に反対方向に逃げるべく、数秒の間屋上で息を潜めている状態のセルティ。彼女は臨也にあっさりと見抜かれていた事に驚愕しつつ、ならば白バイ隊員達にもバレているのではないかと不安に思う。

そして、そんな彼女の心を見透かしたかのように、臨也が笑いながら声を上げた。

『ああ、大丈夫だよ。よっぽど君の事に詳しい奴じゃないと、あれが偽物だとは気付かないからさ。色付きのヘルメットが見あたらなかったし、あの程度のスピードじゃ白バイは振り切れないって君なら理解してるだろうしね』

――全くその通りなんだが、なんかこいつに得意げに言われると腹が立つなあ。

――まさかその推理を自慢したかっただけか？

無駄な電話はしないだろうという持論をあっさりと撤回し、電話を切ろうとするセルティ。

しかし彼女の特殊な聴覚は、ヘルメットから離した携帯からも鮮明に音声を拾いとる。

『まあ、明日から暫く、凄く大変な事になると思うから、一つだけ言っておこうと思ってね』

——？

ヘルメットを傾げるセルティに対し、臨也は携帯の向こうから一つの希望を口にした。

『ごたごたが落ち着くまでさぁ、仕事場には絶対に来ないでね。詳しくはメール送るけど、それを確認する前に来られたら困るからさ』

——は？

セルティはどういう事だと尋ねたかったが、通話中のメール機能が無い以上、彼女の考えを即座に伝える手だては無い。

『それじゃあね、武運を祈ってるよ』

——武運？

どういう事か尋ねる事もできぬまま、相手の方が一方的に電話を切ってしまった。

——なんだ、あいつ？

意味が全く解らないセルティは、とりあえず今は屋上から逃げだすのが先決だと、携帯を懐にしまったのだが——

そこで、強い違和感に捉われる。

影で作り出したライダースーツの胸元に作った収納ポケット。

そこは、普段通り携帯電話以外は何も入っていない。

だが、入っていない事がこの時点では異常だった。

セルティは背中に冷たいものを感じながら、反対側の胸元に手を伸ばす。

そこのポケットにはPDAが入っているのみで、続けて腰のポケットにも手を伸ばしたが、やはりいつも通りマンションの鍵が入っているだけだ。

いつも通りの手荷物。

今日だけ所持していた筈のものが見あたらない。

【セルティ・ストゥルルソン様へ】と書かれた、味気ない色の茶封筒が。

彼女は愕然としながら膝を落とし、どうしようもない事実を心中で言葉にして確認する。

——報酬の袋……どっかに落とした。

——百万円……どっかに落としたぁーっ！


すがるように周囲を見渡すが、屋上には落ちていない。

十中八九、白バイから逃げる途中に落としたのだろう。だが、無我夢中だった為に、どこをどう逃げたのかも覚えていない。

馬の姿を取ったコシュタ・バワーが主人を慰めるように体を寄せるが、頭部を失った首の断面がセルティのヘルメットに当たり、まるで首の無い生物同士がヘルメットという頭を取り合っているかのようだった。

そんな滑稽な姿を曝したまま、セルティの夜は静かに更けていく。

今夜の自分の行動が、町に何をもたらすのか気付かずに。

自らが落とした封筒が、どのような巡り合わせを引き起こすのかも気付かずに——

現代に舞い降りた首無し騎士は、極めて人間的な悲しさで泣き続けた。

チャットルーム

甘楽【どーもー、甘楽ちゃんでーっす！】
田中太郎【どうもです】
バキュラ【ういす】
罪歌【こんばんわ。きょうも、よろしく、おねがいします】
甘楽【はいはーい☆　みんな、この新しいチャット慣れましたー？】
田中太郎【ええ、発言が色違いになって誰が誰か解りやすくなりましたね】
バキュラ【確かに、】
バキュラ【これでより鮮明に甘楽さんを袋叩きにできるわけっすね】
甘楽【鮮明に!?　やだ、私なにされちゃうんですか!?】
バキュラ【袋叩きと無視を延々と繰り返します】
甘楽【それって虐めとかそういう域を超えて単なる集団リンチですよね!?】
バキュラ【そうですが何か？】
田中太郎【バキュラさん酷すぎますよｗ】
罪歌【みんな、なかよく、しませんか】

バキュラ【ああいえ、】
バキュラ【罪歌さん、】
バキュラ【別に本気で甘楽さんを嫌ってるわけじゃないですよ】
内緒モード　甘楽【相変わらず嘘つきだねえ。俺の事は心底嫌いな癖に】
内緒モード　バキュラ【黙れ、死ね】

甘楽【そうそう！　スキンシップですよう！　彼って、とってもツンデレなんです☆】
バキュラ【割合的にはツンツンデレツン　デレツンツンツンツンツンツンツン死ねぐらいで】
甘楽【ひいい、なんですかその割合!?】
バキュラ【桜新町商店街で子供達が歌ってたんです】
甘楽【しかも死ねで終わるの!?】
バキュラ【そこは私のオリジナルですが何か？】
甘楽【酷い！】
田中太郎【本当に酷いなあｗ】
セットンさんが入室されました

セットン【ばんわー……】
田中太郎【あ、こんばんはー】
セットン【私はもう駄目(だめ)です】
甘楽【こんばんわー☆】
バキュラー【ばわっす】
田中太郎【って、どうしたんですか急に】
罪歌【こんばんは、よろしくおねがいします】
セットン【ちょっとお金を落としちゃいまして……】
バキュラ【!?】
田中太郎【それは大変ですね……交番には届けられたんですか?】
セットン【いや】
セットン【あ、すいません、届けました、届けてあります】
甘楽【へえー。いくらぐらい落としたんですか?】
セットン【いえ、ちょっと今月の給料袋(ぶくろ)を丸ごと……】
罪歌【だいじょうぶですか】
バキュラ【!?】

田中太郎【本当に大変じゃないですか！　大丈夫なんですか？】
セットン【ええ。貯金が割とあるので生活には困らないんですけど、凹んじゃって……】
甘楽【元気出して下さい！】
甘楽【そうそう、そんなセットンさんに朗報がありますよー】
セットン【なんですか？】
甘楽【へへーん。『ここ』のアドレスを見て下さい！】
田中太郎【あ、文章にリンク貼れるようになったんですね】
バキュラ【へー】
内緒モード　田中太郎【って、臨也さん、なんですかこれ！】
罪歌【あの、これって、どういうことですか？】
内緒モード　田中太郎【なんでこれ、セルティさんに賞金が掛かってるんですか！】
セットン【いや、私にはこんな無理ですよー。あの黒バイクを捕まえるなんて】

内緒モード　甘楽【ほら、テレビの生放送でセルティが露骨にカメラに映っちゃってさ】
内緒モード　甘楽【そしたらなんか、どっかの芸能プロダクションが、正体を暴いた人間に賞金を出すって。なんでも、黒バイクをタレントとしてデビューさせるとかなんとか……】
内緒モード　田中太郎【そんな非常識な！】
内緒モード　甘楽【まあ、セルティ自体が非常識な存在だからね】

バキュラ【1000万円ですか】
バキュラ【マジ凄くないすか】
罪歌【すいません、わたし、きょうはこれで】
セットン【あ、私もちょっと風呂入ってきますから、ここで一旦落ちますー】
田中太郎【あ、おやすみなさーい】
甘楽【おやすみなさーい☆】
セットン【おやすー】
罪歌【おやすみなさい、ありがとうございました】
セットンさんが退室されました
罪歌さんが退室されました

バキュラ【おやすみなっせ】
バキュラ【げ、遅かった】
甘楽【じゃあ、私達もそろそろ落ちましょーか？　その賞金の話は今度またしましょう】
田中太郎【それじゃや、おやすみなさーい☆】
甘楽【お休みなさい】
バキュラ【〉ー〈 ノシ】

甘楽さんが退室されました
田中太郎さんが退室されました
バキュラさんが退室されました

現在　チャットルームには誰もいません

・・・

翌朝　川越街道某所　高級マンション最上階

「ただいま。ああ、酷い目に遭った」

ちょっとした一軒家よりも広い居住空間を備えた高級マンション。

150㎡の面積に5LDKという贅沢な居住スペースの主である男——岸谷新羅は、白衣という特徴的過ぎる服装で愛する同居人が待つ住処へと帰宅した。

「ああ、どこだいセルティ。僕はもう疲れに疲れたよ。妙な事に巻き込まれてね。『皿舐めた猫が科を負う』とはよくいったものだけど、僕はちょっとしか関わってないのにエライ目にあってさ……。って、あれ？　セルティ？　セルティ？　どうしたんだい？　……まだ帰ってきてないのかな？　実験は夜には終わるって言ってたのに……」

首を傾げながら廊下の奥まで進むと、そこで新羅は屋内の異変に気が付いた。

電気が点いているにも関わらず、リビングが妙に暗いのだ。

「？」

何事かと駆け足でそちらに向かい——リビングの片隅に、黒い繭を発見する。

「なッ……！」

セルティが自らの影で作り出したと思しき、カイコを思わせる巨大な繭。

彼女がその中心にいると直感した新羅は、疲れも忘れて慌てて影へと飛び込んだ。

刹那――繭がパカリと開き、食虫植物のように新羅の体を包み込む。

「おわッ……ちょッ……！」

何事かと確認する間もなく繭の中へと引きずりこまれ、新羅はそこで幸せな目にあった。

想像通り、繭の中に居たセルティが――

新羅の体を、強く強く抱きしめたのだ。

繭の中は暗闇なので姿は見えないが、間違いなく新羅の身に覚えがあるセルティの体つきだ。

「なッ……！　そ、そんな大胆な挑発されたら、『出船に船頭待たず』とは言うけど俺はもう理性の箍が外れて『手の舞い足の踏むところを知らず』だよ……って……え……？」

混乱しつつもいつも通りの軽口を叩く新羅だが、セルティの動きが妙に硬い事に気付いて冷静になる。

そんな新羅の目の前が急に眩しくなった。

セルティの出したＰＤＡの画面の明かりだと気付き、新羅は目を細めてそこに書かれた文字列を見る。

『ごめん、ちょっとだけ、一緒にいてくれ』

「いや、僕は寧ろ大歓迎だけどさ……どうしたのセルティ、やけに落ち込んでるけど」

『やけにどころじゃない。底辺まで落ち込んでるんだ。何か慰めの言葉を言え』

「わあ、何このネガティブな女王様」

とりあえず自殺したい等と言い出さなくて良かったと安心し、新羅は軽くセルティを抱き返しながら相談に乗る事にした。


「……で、100万円落とした上に、自分にはその十倍の賞金がかけられたってわけ？」

『ああ、だから迂闊に外にも出られなくなった。ここがバレたらまずいからな』

全てを話し終えてすっきりしたのか、幾分緊張が解けて周囲の繭を回収するセルティ。

新羅は二人きりの空間が消えた事を少しもったいないと思ったが、流石に今回は空気を読んで口には出さない事にした。

その後も彼は暫くセルティを慰め続け、最後に彼女を安心させるように笑いかけた。

「とにかく、安心しなよセルティ。ここのマンションのセキュリティは厳重だし、落としたお金はいつか巡り巡って君の手に戻ってくるって信じようじゃないか。『禍福はあざなえる縄のごとし』って言うしね」

『ああ……でも、本当にごめんな』

「？　なんで僕に謝るのさ？」

『いや、そのお金で色々電化製品とか買おうと思ってたからさ。あと……その、なんだ、お前にも何かプレゼントしてやろうと思ってたんだが、パアになった。ごめん。あッ、別に恩に着せようとかそんなんじゃなくて……その、なんだ。ごめん、今のは忘れてくれ』

慌ててＰＤＡを畳みながら、少し照れたようにそっぽを向くセルティ。

新羅はそんな彼女の様子を見て完全にハートを射貫かれてしまい、もう一度彼女の体を抱きしめる。

「セルティッ！　やっぱり君は最こうもごがががが」

『ありがとな、新羅。でも今はそんな気分じゃないから調子にのるな』

そのまま胸を触ろうとした瞬間に引き剝がされ、再び作られた黒い繭の中に一人だけ閉じこめられる新羅。

しかし彼は全くめげずに、楽しそうな声で言葉を紡ぐ。

「あはは、じゃあ、そんな気分になった時を楽しみにしておくよ」

『お互いにな』

顔だけ黒い繭から出された新羅は、ＰＤＡの文字を見て少年のように心を躍らせる。

と、その鼓動に誘発されたかのように、セルティの携帯が鳴り響いた。

どうやらメールの着信だったようで、それを確認したセルティは、テーブルに置かれていたヘルメットを首に載せる。

『仕事が入った。ちょっと行ってくるよ』

「大丈夫かい？　流石に今日ぐらいは様子を見た方が……」

『運び屋の仕事は信頼が大事だからな。安心しろ、お前に迷惑はかけない』

「迷惑ぐらいかけてもいいよ。家族なんだからさ、そのぐらいどうって事ない」

そんな新羅の笑顔に一瞬心をときめかせたセルティは、自分が新羅に笑顔を向けられない事を少しだけ悔しく思いながら、PDAで慣れない顔文字を作ってみせる。

『ありがとな（＾＾）／』

――新羅が家で待ってくれてる。それだけで私は百人力だ。

自分の中にみなぎるものを感じながら、セルティは自信に満ちた足取りでマンションを後にした。

「いやー、元気になってくれたみたいで良かった良かった」

後に残されたのは――黒い繭に体をくるまれたままの男が一人。

「あれ……？　ねえセルティ、この影の繭、なんか破けないんだけど。ねえセルティ、おーい、おーい？　ちょっとこれ出られないんだけどー!?」

♂♀

半日後　池袋某所

——そう、新羅が家で待ってくれてる、それだけで私は百人力だ。

今朝方の決意を思い出しながら、セルティは全力でバイクを走らせる

——でも……私、家に帰れるのかな、これ……。


周囲に広がるのは、エンジン音とクラクション。

セルティは振り向かぬまま、意識を周囲全体に分散させる。

感じる存在は、少なくとも二十。

縞模様の特攻服を身に纏い、少々特殊な改造をされたバイクに跨った男達。

三段シートに爆音マフラー、ゴテゴテしたステッカーや明らかに不要な付属パーツ。

所謂『族車』と呼ばれる類の改造を施されたものが殆どであり——

言うまでもなく、彼らは『暴走族』、あるいは蔑みで『珍走団』と呼ばれる者達だった。

「おらあッ！　止まれっつってんだろクラァッ！」

「ころがされてぇのか？　あぁ？」

「うひょお～らっとぁ！　ったあ！　っだあ！」

セルティの周囲にまとわりつきながら、二人乗りしたバイクの後部座席の男が鉄パイプを振り回している。

――あああ、まだ、まだこんな解りやすい奴らって東京にいたんだ！

そう言うセルティもまた、現在は妙な格好をしていた。

いつも通りのスタイルではあるのだが――その横に、黒い荷物を積んだ漆黒のサイドカーが併走している。

ゴルフバックを少し大きくしたぐらいの黒い袋で、コシュタ・バワーの横に『影』で擬似的なサイドカーを取り付けて運んでいる状態だ。

シートに座るような形で乗せられている長い袋。

セルティは中身を知らないが、大きさといい形状といい重さといい――

あまり予想したくないものが入っているような気がしてならなかった。

話は、30分ほど前に遡る。

ベンチに置かれていたスポーツ新聞を読みながら、セルティは午後の仕事をこなすべく、依頼人を静かに待ち続ける。

――へえ、静雄の弟も隅におけないねえ。

新聞には『羽島幽平＆聖辺ルリ、深夜の熱愛デート!?』という見出しが大々的に書かれている。内容は単純なもので、今をときめくトップアイドルの男女が深夜に密会していたという類の物だ。

しかも、目撃されたのは羽島幽平の自宅であるマンションらしい。

同じ池袋の事件でありながら、昨夜のセルティの記事はトップには来ていなかった。

世間の感心は、UMAよりも現実的な男女の恋愛への興味の方が大きいという事だろう。

——しかし、まさかあの聖辺ルリとねえ。

聖辺ルリと言えば、やはり今をときめく女性アイドルの一人であり、数年前に彗星の如く現れて、芸能界の様々なジャンルで活躍している美少女だった。

少し気が弱い大人しいタイプというのを売りにしており、顔に関しては日本人でありながら北欧系の美少女のような雰囲気を持ち合わせ、セルティも女性でありながら『可愛いなあ』と思う事もしばしばだった。

幽平もルリも、二十歳を超えているとはいえ、年齢よりも若く見られる存在だ。

そんな二人の熱愛とあれば、なにかロマンチックなものを感じさせずにはいられないのだろう。事実、新聞もそうした方向で煽ろうとしている雰囲気が感じ取れた。

と、更に詳しく記事を読み込もうとした所で依頼人が現場に現れ、その指示通りに荷物を運ぶ事となった。

予想していたカメラマンや警察の襲撃などは、現在まで行われていない。

午前中の仕事はつつがなく終了し、些か拍子抜けするぐらいだと思っていた程だ。

ところが——

そう安堵した直後、大通りに出た所でこの暴走族達に出くわした。

セルティは何事かと困惑したが、彼らの『いたぞ！　一千万だ！』という叫びで、自分がどういう状況にあったのかを改めて思い出し——

溜息をつく暇もなく、池袋の街を舞台にした大チェイスが幕を開けた。


「うっらあ！」

「Ｔｏ羅丸なめんなコラァッ！」

何かの漫画のタイトルに似てるチーム名のステッカーを貼ったバイクが、セルティの周囲で乱暴に得物を振り回す。

最近は暴走族の高年齢化が進んでいるとは言うが、例に漏れず、周囲にいるのはどう見ても二十歳は超えていると思しき男達だった。

——くッ……いい年こいてバウンティーハンターの真似事とは！

——Ｔｏ羅丸って確か埼玉のチームだろ!?　なんでこんなところまで!?

——これが……これが賞金の力か！

確かに、セルティを捕まえるだけで一千万円というのは破格すぎる報酬だ。

彼女とて、自分が出頭して一千万円貰えるならかなり迷う所だろう。

だが、その後の事を考えると割に合わない感じがヒシヒシとしたので、とりあえずセルティは賞金の事は無視する事に決めたのだが――

気付けば、T o羅丸以外のチームの旗も周囲に見え始める。

「ツッっだコラァ！」

「邪魔すんじゃやねえ！　あのバイクは俺らの獲物だ、つらぁ！」

「ピロリ禽髑なめんなコラァッ！」

「慢性胃炎にすんぞコラァ！」

そんな粗暴な煽り合いを周囲に聞きながら、セルティは更に速度を上げる。

――ああ、糞、全員返り討ちにしてやってもいいんだが……これ以上騒ぎを大きくすると本気で新羅に迷惑が掛かりそうだ。

――とりあえず逃げて、誰かに相談しよう。

――つっても、誰に相談したものかな、こんな事……。

と、そんな彼女に置いて行かれそうになった暴走族の一人が、振り上げた鉄パイプを闇雲に振り下ろす。

「逃ッげんなコラッ！」

鉄パイプの先端は、セルティの運んでいた荷物の袋の一部を破き――

中から、ゴロリと人間の腕がぶら下がった。

――……。

「……」「……」「……」「……」「……」

セルティを含め、周囲の暴走族達も一斉に沈黙する。

――ああ、ああ、やっぱりか。

――そんな予感はしてた。そんな予感はしてたんだ畜生！

泣きそうになりながらヘルメットを押さえるセルティ。

暴走族達は困惑したようにセルティと併走を続けて沈黙していたが――

その間を抜けて、一つの声がセルティに降りかかる。

「ああ、こりゃ不味い。こりゃあまずいぞ、お前」

数度しか聞いてない声。

だが、それが誰の声なのか、セルティの魂にはしっかりと刻み込まれていた。

「こりゃもう道交法云々の問題じゃねえわな」

――まさか。

――まさかまさかまさか。

――嘘だろ！　このタイミングで！

――このタイミングは無しだろ、おい！

祈るというよりも、世の中の全てを恨むような気持ちで横を見ると――そこには、彼女の想像した最悪の事態が存在した。

いつの間にこの集団走行の間に割り込んだのか、白バイに乗った警官がしかめっ面をして併走している。

「一応警告するが……そこのバイク、左側に停車しろ」

――ッッッわぁぁぁぁぁぁぁぁぁぁぁぁぁぁぁぁぁぁッ!?

セルティは全身から影を湧き上がらせ、それを目眩ましとして逃げようとした。

だが、白バイはその影をなんなく潜り抜け、セルティにぴったりとついてくる。

「だからよぉ……交機がんなもんで怯むわけねぇだろうが……ッ！」

――お前だけだ！

暴走族の面々は、影に驚いて一瞬距離を広げたが――首無しライダーの天敵であるその白バイ隊員だけは、化物の姿に全く恐れる事なく徐々に距離を詰めていく。

「つだぁコラア！　お巡りはスっこんでろや！　ッラア！」

暴走族の一人が鉄パイプを振り上げて再接近し、白バイ隊員に振り下ろすが――

白バイ隊員はあっさりとそれを躱し――

その後に起こった光景を、セルティは見なかった事にした。

――見てない見てない。私は何も見てない。

走行中の暴走族のバイクが白バイ隊員の手によって大きく傾き、運転手の顔面がアスファルトすれすれまで辿り着き――その体勢のまま5秒ほど走行した所で引き上げられた。

セルティの常識を超えた白バイ隊員の行動を認識はできたが、恐ろしい事になりそうなので自分自身の為にも完全に忘れる事としたのだ。

――見てない！　何も見てないッ！

口から涎を垂らし、虚ろな目つきで徐々にスピードを落としていく暴走族のバイク。

他の暴走族達もその光景を見て一瞬呆然としていたが――

「なッ……なッ……舐めやがってこのお巡りがぁッ！」

「ぶっ殺せぇッ！」

ターゲットを白バイへと変更した暴走族達が、一斉にその周囲を取り囲む。

時速100キロ近い世界での攻防。

通常速度で走る車両の間をくぐり抜けながら――逃げる者と追う者、そして両方を逮捕せんとする者の争いが幕を開けた。

セルティは、後ろで白バイと暴走族が争っている間に横道に逃げ込んだ。

だが、そこで彼女が見たものは、更に別の暴走族の一団だった。

――私、本当に家に帰れるのかなあ。

二十人を超える新たな集団を見て、セルティはバイクを反転させ、再び大通りの方へと戻っていく。

そして、それを皮切りとして、新たな暴走集団が大チェイスに加わる結果となった。

頭上にヘリの音が聞こえる。

まさかそのヘリコプターまでが自分を追う存在なのではないかという疑念を持ちながら、首無しライダーは夕暮れの街をひたすらに駆け続けた。

顔があれば涙目になったであろうと確信しながら、セルティは愛する者の顔を思い出し――

そこで、彼女は一つの事を思い出す。

新羅をくるんだ影の繭を、まだ消していなかったという事に。

――ああ、新羅、ごめん。

――帰れなかったら……本当にごめん！

♂♀

そんな想いが、マンションの最上階にいる新羅にまで届いたのかどうか――

彼はリビングの床に転がったまま、どこか嬉しそうに口元を綻ばせながら、虚ろな目つきで独り言を呟いた。

「ああ……これって、一種の放置プレイなのかな……？」

2章 chapter002

若者向け情報誌MAO『春の新生活！ 高校生達の東京デビュー大特集！ 池袋編』

『春だからこそリフレッシュ！

新生活の始まりは新しい街との出会い！

池袋で新生活を始めて、新しい出会いを見つける事もできたかな？

できた君は新たな段階へのステップアップに、まだの君はこれから本当の出会いを見つける為に、この記事を片手に池袋生活の経験値を荒稼ぎしよう！』

♂♀

そんな記事を軽く立ち読みした少年は、その雑誌を迷う事なくレジへと運ぶ。

少年の名は竜ヶ峰帝人。

池袋の中心部に存在する私立高校、来良学園の二年になったばかりの男子生徒だ。

もう池袋に来て2年目になるのだが、何故か前述のような新生活系の情報記事を探し求めており、もう彼の鞄の中には似たような雑誌が三冊も入っている。

少年は静かにコンビニを出ると、そのすぐ側にあるカラオケ屋へと入っていった。

並のレストランよりも丁寧に作られた料理と、複数の有線カラオケのシステムを併用した豊富な曲目が特徴的な店。

どことなく緊張した面持ちで、帝人はその中へと入り、受付で待ち合わせの旨を伝えて指定された部屋へと足を運んだ。

六階にいくつかある大部屋の一つに入ると、そこでは既に帝人以外の面々が集まっていた。

「ヤッホー、みかプー元気してた？」

「遅かったっすね。もうウーロン茶とか適当にピッチャーで頼んでおいたっすよー」

最初に声を掛けてきたのは、洒落た感じのカジュアルウエアを纏う男女だった。二人ともちょっとしたファッションモデルのように決まった感じをしていたが、横に積まれた漫画と小説とゲームとアニメDVDと関連グッズの山が、その全てを台無しにしていた。

横を見ると、帝人と同じ制服を着た少女が際どいコスチュームをした女性のフィギアを手に顔を真っ赤にしている姿があった。

少女は帝人の姿に気付くと、小さな悲鳴を上げて慌ててそのフィギアを狩沢に返して身を縮こまらせる。

「あ、ええと……園原さん、隣、いいかな？」

「……は、はい！」

眼鏡を掛けた大人しそうな少女は、顔を真っ赤にさせながら、フィギアにも負けないボディラインの体を緊張させた。

「み、帝人君、いらっしゃい」

「うん、ごめんね、遅れちゃって。狩沢さんと遊馬崎さんもすいません」

頭を下げる帝人に、狩沢、遊馬崎と呼ばれた男女は緩く笑いながら言葉を返す。

「いいって。うちら、どうせ昼間は時間あんだから」

「そうっすよ。本屋が開いてる時間は基本的に空けてるっすからねえ」

くつろいだ雰囲気の私服組とは別に、制服の男女はどこかぎこちない態度だった。

その後、部屋に入ってきた店員から飲み物を受けとり、扉が再び閉まった所で本題に入る。

「で、うちらに何が聞きたいんだって？」

「はい……その、こんな事を頼むのもなんなんですけど……」

帝人は一旦息を吐き出し、間をおいてから言葉の続きを紡ぎ出す。

「僕らに……池袋の案内の仕方を教えて欲しいんです」

時間は、2日前に遡る。

入学式を終え、多くの新入生を迎えた来良学園。

帝人と杏里は今年も同じクラスとなり、またぞろ揃ってクラス委員をやる事となった。

挨拶を兼ねた、生徒会の役員達との顔合わせが終わった後——

先に出た杏里を追おうと少し歩いた所で、帝人の背に声が掛けられる。

「あ、あの！　竜ヶ峰先輩ですよね！」

振り返ると、そこには来良学園の制服を着た少年が立っていた。

「ええと、君は確か……さっき自己紹介してた……青葉君？」

「はい！　一年の黒沼青葉です！」

目を輝かせるその少年は、女の子のような顔な上に背も低く、一見すると中学生、下手をすれば小学生のようにも見える。

帝人も自分が幼い顔立ちをしているという自覚はあったものの、目の前の少年はそれに輪を掛けて幼い印象を振りまいていた。

「さっき挨拶を聞いてびっくりしました！　本当に竜ヶ峰先輩だったなんて！」

少年は嬉しそうに言うが、帝人の方は混乱している。

──誰だろう？

──あれ、どこかで会ったことあったかな。

もしそうだとすれば、後輩相手とはいえ顔を忘れているのは失礼だろうと思った帝人は、なんとか相手の事を思い出そうと頭を捻らせるが──困ったことに、全く心当たりが無い。

そんな帝人の困った表情を読み取ったのか、黒沼青葉と名乗った少年は、柔らかい笑顔を向けて口を開いた。

「ああ、ごめんなさい。俺と先輩は初対面ですよ？　名前もさっき初めて知りました！」

「あ、そうなんだ。えっと……じゃあ、なんでびっくりしたの？」

当然と言えば当然の疑問に、少年はやや興奮した様子で口を開き──

「だって……あ」

そのまま一旦口を閉じ、周囲を確認してから、声を顰めて言い直す。

「先輩って……ダラーズの人ですよね？」

「……ッ！」

帝人は少年の言葉に目を丸くし、思わず口をパクつかせる。

「な、なんの話？」

そう言った瞬間、帝人の鞄の中から携帯電話の振動音が聞こえてきた。

振動音の長さからして、恐らくメールの着信だろう。

「あ、やっと届いたぁ」

その音を確認して、ニコリと笑う少年。

帝人が慌てて携帯電話を取り出すと——そこにあったのは、ダラーズのメーリングリストによる連絡だった。

『来良学園で新しいメンバーを勧誘中です！　他の学校がどんな状況なのか教えて下さい！』

という、数百人いるメーリングリストメンバーの一人からの雑談だった。

『若葉マーク』というハンドルネームを確認し、帝人は眼前の少年と携帯画面を見比べる。

「も、もしかして、君が……」

「若葉マークです！　ダラーズに入ったのは600番目ぐらいだったんですけど、ほら、登録サイト、色々荒れて消えちゃったじゃないですか。だから俺の名前は残ってませんけど……」

「ど、どうして僕がダラーズの一員だって……？」

あからさまに動揺する年長者に対し、少年は無邪気に笑い直して口を開いた。

「確証は無かったんです。だけどほら……丁度一年前ぐらいのダラーズの集会の時——先輩、ターゲットの女とかと何か言い争いしてたでしょう？　だから、気になってずっと覚えてたんです！」


ダラーズという組織は、ネット上でその勢力を広げる特殊な集団だ。

カラーギャングとでも言うべき存在なのだが、そのまとまりは果てしなく緩く、しかしながら、そのネットワークも果てしなく広い。

黄巾賊と呼ばれるカラーギャングとつい先日まで抗争状態にあったらしいが、何が起こったのか、急速にその諍いの熱は冷め始め、現在はどちらの勢力も大人しくしている状態だ。

彼ら『ダラーズ』というカラーギャングを『色』で区分するとするならば、彼らは『無色』もしくは『保護色』という扱いになるだろう。

ダラーズという集団は、街の中に驚く程に溶け込んでおり、同じ色の格好をして自分達を誇示する事が無い。

携帯電話やインターネットでの『通信』による繋がり。

現実にはなかなか形としては見えない、隠された繋がり。

町中をすれ違う女子高生や主婦が、もしかしたらダラーズの一員かもしれない。

そんな『疑念』を植え付ける事こそが、ダラーズの楯。

実際にそれがありうる事こそが、ダラーズの矛。

ダラーズという不気味な広がりを持つカラーギャング。

創始者は謎に包まれ、殆どのメンバーは誰がリーダーなのかも知る事はない。

そして――

謎の存在である筈の創始者は、現在後輩の言葉を前に冷や汗を掻いていた。

「ええ、ええと、ほら、勘違いとかじゃないかな？」

「今のメール」

「あ、あああ。そ、そうだね」

「やっぱり秘密にしてるんですね！　安心して下さい、俺、口は堅いんですよ？　秘密を守るのは得意なんです！」

尊敬のまなざしで見つめてくる青葉に、帝人はどう返したものか解らなくなったまま、体をガチガチに強ばらせた。

実際、一年前に帝人はとある企業のトラブルに巻き込まれ、

「でも、どうしてあの夜はあんな……。もしかして、竜ヶ峰先輩ってダラーズの幹部とか、そんな感じなんですか？」

「いやいやいや！　ダラーズにそういうのは無いから！　ぼ、僕なんか単なる小間使いだよ！」

「そうなんですか？　いや、でも、ダラーズの人がこんな身近にいるってだけで感動ですよ！」

顔だけでなく、言動まで子供っぽい。

端から見れば中学生の兄弟にも見えるが、二人ともれっきとした高校生だ。

帝人はどう対応すべきか迷っていたが、やがて諦めたように息を吐き、周囲を気にしながら後輩に語りかける。

「……解ったよ。でも、学校ではその話はあまりしないほうがいいし、できるだけ秘密にしておいてくれると助かるよ」

素っ気ない感じの言葉だったが、青葉は嬉しそうに微笑み、一つの交換条件を口にした。

「解りました！　じゃあ、代わりに、先輩に一つお願いがあるんですけど……」

「お願い？」

「俺、池袋って実は詳しく無いんですよ。だから今度、案内して貰ってもいいですかね？」

♂♀

その後、杏里に相談したものの街を上手く案内できるとは思われず、仕方なく街に詳しそうな知り合いを捜した結果、遊馬崎と狩沢に辿りついたのだった。

――ああ、正臣がいてくれればこんな苦労しなくても良かったのにな。

帝人はそう思ったが、すぐに頭の中から振り払う。

昔からの親友であり、現在は帝人と杏里の前から姿を消している少年。紀田正臣。

ダラーズと抗争していた『黄巾賊』の重要人物だったらしい彼は、互いの正体を知った後に姿を消した。帝人としてはそんなことは関係無い筈だったのだが、彼は彼なりになにか考えがあるのだろうと、深くその考えを追及はしなかった。

——駄目だ駄目だ。こんな事でいちいち正臣に頼るようじゃ、今度会う時に笑って会えない。

そして、帝人は帝人なりの価値観で正臣の帰還を待ち続ける。

いつか、再び杏里も含めた三人で笑い会えるようにと願いながら。


「帝人君、帝人君、どうしたんすか。おーい」

「えッ!?」

唐突に名前を呼ばれて、帝人は慌てて顔を上げる。

「眠いんすか？　なら、眠気覚ましにアニソンでも歌うっすか？」

「あ、え、あああ！　す、すいません！」

正臣や黄巾賊の事を考え込んでいた帝人は、慌てて現実に意識を戻す。

詳しい話をしたところ、思ったよりも遊馬崎と狩沢は乗り気になってくれたようだ。

二人であれやこれやと池袋の若者を案内する場所を議論している。

最初は狩沢達らしく、アニメイト本店やとらのあな、イエローサブマリンなどの名前が挙げられていたのだが、次第に一般的な店の名前も出てきて帝人はとりあえず安堵する。

と――不意に狩沢が顔をあげ、帝人に対して一つの提案を持ちかける。

「なんなら、あたしらも一緒に行こうか？」

「え？」

「今から私らが言うお店とか名所とかを詳しくなるのって難しいでしょ。なんだったら、私達も一緒に行くのが一番いいんじゃない？　それに、その新入生の子がどんな子かもわかんないしね。会ってから臨機応変に決めるのがいいんじゃやないかな」

「それは……」

一瞬、帝人は答えにつまる。

確かにありがたい事なのだが、一般人の後輩から見て目の前の二人はどう映るのだろうか。二人は外見こそまともなものの、口を開けば二次元世界からやって来た外交官だ。しかも、歩み寄る姿勢ゼロの。

自分はさほど気にしなかったのだが、後輩の黒沼青葉から見ればどうだろうか。

――だけど、まあ、話せば解るし、いい人達だし、問題ないよね。

根が底抜けのお人好しである帝人は、『話せば解る』という単語を盲目的に信じて頷いた。

「いいんですか？　お願いしてしまっても？」

「別にいいよー。私らも夕方は暇だし」

「アルバイトとか、そういうのは大丈夫なんですか？」

心配そうに言う帝人の声に、狩沢はあっけらかんとした調子で言葉を返す。

「あれ？　言ってなかったっけ？」

「？」

「私とゆまっちは自由業だから、時間は割と自由に取れるのよ？」

「自由業……？」

首を傾げる帝人に、狩沢はウーロン茶を軽く飲んでから話の続きを口にした。

「そだよ。ドタチンがちょっと職人系でさー。渡草っちは兄貴と一緒に親から継いだアパートの家賃収入で生活してる。雑務は兄貴の仕事で、渡草っちの仕事は家賃の取り立てだけどね。私らがあの辺のみんなと連めるのも、時間が自由に取れるからなの。まあ、一年くらい前まではドタチン以外はフリーターだったんだけどね」

言われてみて、考えてみれば平日のこんな時間に会ってくれるという時点で二人がサラリーマンの類ではないのだと気付く。

町中で見かける時も、決まって二人は私服でぶらついている。門田達と一緒にいる事も多いが、全員揃って無職かフリーターなのだという印象があった。

「私は自分で彫金したアクセサリーとかをネットで売って稼いでるし、ゆまっちはねー、凄いよ？　氷彫刻師っていうの？　余所から頼まれて、パーティーとかの時に氷の彫刻とか作る人」

「へえ……！」

「いやー、俺なんかまだまだっすよ。ホテルとの専属契約じゃないからいつ収入が無くなるかって思うとビクビクもんっす。でも、キャラクターの氷彫刻が最近出版社とかのパーティーや写真企画で人気で、それ一本でいければ俺にとっては天職っすよ。目指せ海洋堂」

照れたように言う遊馬崎に、帝人はへえぇと声を上げて、ちゃんと仕事をしているんだなと尊敬の目で二人を見る。横にいた杏里も驚いた目で二人を見ている事から、どうやら無職だと思っていたのは自分だけではないらしい。そして、二人が毎日買いあさっている本などを見るに、収入もそこそこ安定しているのだろう。

もっとも、彼らの事だから食費を削っているという可能性も大いにあり得るのだが。

そんな事を考えながら、帝人は改めて二人に頭を下げる。

「それじゃあ、お言葉に甘えて！　明日はどうぞ宜しくお願いします……！」

しかし、感謝の想いは次の瞬間に遊馬崎が口にした、

「じゃあ、最初は池袋を舞台にしたアニメと漫画の聖地巡礼って事で」

という台詞で、急激に後悔の念へと変貌したのだが。

♂♀

2時間後　池袋西口

「お金は私らが出すから、ちょっと歌わせて」

狩沢にそう言われ、恐縮しつつも話を受けた結果——2時間のアニソンメドレーに付き合わされるハメになった帝人と杏里。

殆ど知らない曲ばかりだったが、狩沢も遊馬崎も異常に歌が上手く、まるで何百回も練習しているかのような歌声だった。

もっとも、実際に一曲百回以上歌っていると言われても納得した事だろう。

特に『聖辺ルリ』というアイドルが歌っている最近のアニメの主題歌がお気に入りのようで、遊馬崎と狩沢で別々に同じ曲を歌う始末だった。

そんな経緯の後、遊馬崎達と別れた帝人と杏里は、西口を散歩しながら軽く会話を交わす。

「今日はありがとう、一緒に来てくれて」

「ううん、大丈夫。私も、狩沢さん達にはお礼を言わないといけなかったから……」

「え？　なんで？」

「前、ちょっと色々あって……」

はぐらかすような答えだったが、帝人は敢えて詮索せず、話を変えるべく頭を巡らせる。

そして、春休みに何か変わった事は無かったか、そう尋ねようとした瞬間――

帝人の視界に、奇妙なものが映る。

それは――白いガスマスク。

西口公園の片隅で、白いガスマスクに白衣という奇妙な出で立ちの男が、背の高い白人と何やら話し込んでいる姿が確認できた。

ジロジロ見るのは悪いと思いつつも、遠目に見ながら横にいる杏里に声をかける。

「なんだろうね、あの白いガスマスクの人……横にいる外国の人は何も被ってないから、ガス漏れとかじゃないと思うけど……」

しかし、杏里からの返事はない。

聞こえなかったのだろうかと横を見た瞬間、帝人は杏里の様子がおかしい事に気が付いた。

杏里は帝人が見ていたのと同じ方向を見て、驚いたように目を丸くしている。

「園原さん……？」

「あ……ごめんなさい。白いガスマスクなんて、不思議だなって思って……」

「え？　あ、ああ、うん。そうだよねぇ」

いつも通りの笑顔に戻った杏里と別れ、帝人はそのまま自宅へと向かう。

一方の杏里は、途中までは自宅に向かう道を歩いていたが——

背後を振り向き、帝人の姿が完全に見えなくなった所で、今来た道を引き返した。

♂♀

「まあ、詳しい話は……どこかの店にでも入るかね？」

「さっき貰ったデータの中に詳細はあるのだろう？　ならば馴れ合いは無用だ」

「聞いておいた方がいいと思うがねぇ。データを見て冗談だと流されても困る」

「どういう意味だ？」

互いに別々の意味合いで表情を見せずに会話をする二人の男。

白人の大男は完璧な無表情。

日本人の方は顔面を完全にガスマスクで隠している。

そんな近寄りがたい状況に、杏里は恐る恐る近づいていった。

刹那——気配を察したのか、白人の男が静かに振り返り、杏里を見下ろしながら柔らかい微笑みを浮かべてみせる。

「何か御用かな？　可愛らしいお嬢さん」

どう見ても日本人ではないのだが、実に流暢な日本語で語りかけてくる白人男性。

杏里は本能的に男に危険なものを感じて体を強ばらせる。だが、ここで逃げるのも意味が無いと判断し、白人にぺこりと頭を下げ、横にいたガスマスクの男に声を掛ける。

「あの……先日は……その……どうも」

相手の名前も知らないのだという事を思い出し、今更ながらに後悔する杏里。

だが――先月、セルティと話をしていたこの男が、自分に向かって『園原堂のお嬢さんかね？』と言った記憶だけはハッキリとしている。

何しろこの目立つ格好だ。間違えろという方が難しい。

杏里がぺこりと頭を下げると、向こうもこちらの正体に気付いたようだ。

ガスマスクの男がチラリと白人の方に顔を向けると、「挨拶程度でしたら、どうぞ」と言い、それを確認してからガスマスク越しに声を吐き出した。

「園原堂のお嬢さんだね。いやあ、この前は格好の悪い所をお見せしたね、うん」

「あの……私の両親の事を、御存知なんですか？」

「まあ、知っていると言えば知っているかな、うん。ついでに言うなら、そうだね、恐らくは君が持っていい、い、い、い、い、いるであろう刀の事も」

「……ッ！」

刹那――杏里の右腕から『声』が走る。

杏里にだけ聞こえる、脳髄の奥に直接響く声が。

――【あら。よく見たら私の前の持ち主じゃない】

物理や心理学などの領域とは異なる階層の存在であるその『声』は、もはや杏里にとってＢＧＭと化した『呪いの言葉』ではなく、理路整然とした意味を持つ『言葉』を紡ぎ出す。

――【外国で変な化け物の魂を斬らせただけで、人を愛させてはくれなかったけどね】

♂♀

竜ヶ峰帝人が『ダラーズ』の創始者であるという小さな秘密を抱えているように――

紀田正臣が『黄巾賊』のリーダーであるという大きな悩みを抱えていたように――

園原杏里という少女も、自らの内に一振りの『過去』を抱えていた。

『罪歌』

それは、普段は姿を持たない存在。

園原杏里の右腕に潜み、彼女に対して呪いの言葉を謳い続ける意識。

もしも杏里が医者にその話をすれば、多くの医者は彼女自身に何か原因があると考えるだろう——だが、実際の所、その声は彼女の精神や脳髄には何一つ原因の無いものだった。

ただ、物理的とも精神的とも言えない、常識から外れた存在。

俗に『妖刀』と呼ばれる罪歌は、園原杏里という少女の体に潜み、彼女の意思によって物理的に刃を顕現させる。

そんな杏里は、『リッパーナイト』として新聞などを賑わせた、数ケ月前の連続切り裂き事件の中心人物でもあった。と言っても、杏里が切り裂き魔本人だというわけではなく——罪歌が嘗て生み出した自分の子供達が。

『罪歌』と名乗るこの妖刀は、人間との間に、愛の証として『子』を欲しがった。それは同化という形で『罪歌』の意識を斬りつけた人間に植え込む事でなしえる、まさに呪いというべき所行だった。

そして、かつて杏里を宿主とする前に斬りつけられた一人の少女。その中に植え付けられた罪歌の『子』が、親と同じように人間への歪んだ愛を求め——それが暴走した結果、『リッパーナイト』の夜が訪れる事となった。

結局その事件は、杏里がその『子』を全て支配する事で落ち着いた。

切り裂き事件は一段落し、罪歌が乗っ取っていた意識も全て元の宿主に返し――ただ、切り裂き魔の件についてだけはつじつまを合わせるようにしていた。

すなわち、斬られた誰もが『犯人の顔を覚えていない』という事にして。

ところが――その事件が黄巾賊とダラーズの抗争の火種となり、杏里はそうとは知らぬまま、親しい友人達の争いの中に巻き込まれる結果となった。

♂♀

そうした経緯もあり、杏里は罪歌を受け入れてはいるが、快く思っているわけでもない。

自分の両親が死ぬきっかけとなったという事もあるが、杏里にとっては今の自分の状態を知っている者がいるという事自体が不安の種であり、見過ごせない事だ。

現在は、既に罪歌の『声』は元に戻り、いつも通り『愛してる』という呪いを繰り返し叫び上げている。先刻のような意思を持った言葉は、リッパーナイトの夜あたりから時々感じられたりするようになった。そして――杏里は、罪歌の言葉に嘘が無いと推察した。

彼女は静かに息を吸い込み、警戒しながらガスマスクの男を見据えて問いかける。

「貴方は……何を……どこまで知っているんですか……？」

「ふむう、その問いに答えるとするならば……『君の事を、ある程度まで知っている』とでも言っておこうか。まあ、いいではないか。『鷹は餓えても穂を摘まず』と言ってね、君のような強い存在は、例え困っても私のような弱者に凄むものではない」

「……？　あ、あの、何を……？」

「とりあえずその件についいては今度ゆっくりと話そうではないか。私は現在ビジネスの話をしていてね。……とりえず名刺を渡しておくからここに連絡してくれたまえ」

そう言って、ガスマスクの男は懐から名刺を取り出し杏里に渡す。

名刺にはそんな単語といくつかの連絡先が書かれていた。

『ネブラ製薬　特別顧問　岸谷森厳』

杏里がその名刺を眺めて思案を巡らせていると――

ぽん、と、背中から肩に手がかけられた。

刹那――彼女の全身に、嫌なプレッシャーが襲いかかった。

冷たい鋭さが彼女の肩に走り、一瞬だけ彼女の中で時間が止まる。

まるで全身をまさぐられているような、体の自由を奪われるような感覚。

グジュリ、グジュリと彼女の神経が抉られる。

ジグジグジグジグ、彼女の精神が不気味な音を立てて軋み始める。

ジグリ、ジグリ　ジグジグ　ジグジグ　ジグ　ジグジグジグ　ジグジグジグ　ジグジグ
ジグジグ　ジグジグジグジグジグ　ジグジグ　ジグジグジグ　ジグジグジグ　ジグ
ジグジグ　ジグジグジグ　ジグジグ　ジグジグ　ジグ　ジグジグ　ジグジグジグジ
グ　ジグ　ジグ　ジグジグジグジグジグジグジグジグジグジグジグジグジグジグジ
グジグジグジグジグジグジグジグジグジグジグジグジグジグジグジグジグジグジ
その歪(いびつ)な軋みによる行進曲(マーチ)がピークに達するのと同時に、全身の細胞(さいぼう)が叫びをあげる。

背後にいる男は危険だと。

杏里自身(じしん)が想像(そうぞう)しているよりも、遙かに遙かに危険な存在なのだと。

全身に冷や汗を滲(にじ)ませながら、杏里はゆっくりと背後を振り返る。


そこにあったものは——先刻(せんこく)から横で見ていた白人男性の笑顔だった。

「申し訳ありません、可愛(かわい)らしいお嬢(じょう)さん」

どこか人を安心させる類(たぐい)の微笑(ほほえ)みを浮かべているが、杏里は緊張(きんちょう)を解(と)かぬままその顔に視線を集中させた。

「ちょっと大事なビジネスの話でして。お詫(わ)びに今度御飯(ごはん)でも奢(おご)らせて下さい」

口説(くど)きに掛かっているようなジョークを言いながら、男は静かに首を振り、杏里と森厳の間へと移動する。

「あ……はい、どうも、すいませんでした」
杏里は白人の顔を目に焼き付けながら、ゆっくりとその場を後にする。
あの顔を忘れてはならない。
彼女の理性と本能が同時にそう告げている。
ガード下に向かう分かれ道で、杏里は最後に一度だけ振り返った。
白人の男は——まだ、こちらを見ていた。
背中にジグリと何かが滲むのを感じながら、杏里は念を押すように男の顔を記憶した。
だが——実際に杏里が彼の顔を見たのは、結局それが最後となる。

何故なら——
白人の男は数時間後に静雄にベンチで殴られ、次に杏里の前に顔を見せる事があるとしても、殆ど別人になってしまう運命なのだから。

♂♀

夜　池袋某アパート

「殺人鬼『ハリウッド』かあ……。まだ捕まってないなんて怖いなあ」

駅に程近い場所に建っている安アパートの中で、少年がテレビを見ながら呟いた。

暇をもてあました帝人は、今日は一日テレビを見ようとニュース番組などを流し見る。

最近とみに集中的に報道されているのは、なんと言っても謎の連続殺人についてだ。

ニュースではその渾名で呼ばれる事は無いものの、ネットや週刊誌に触れる者にとってはすっかり『ハリウッド』という呼び名が定着している。

都内でも事件が起こっているというのに、初めてテレビでこのニュースを見た時は、その情報はどことなく遠い国の話をされているようにも感じていた。

だが、ネットで実際に『ハリウッド』という通り名が付いたり、友人達とチャットなどで話したり、ハリウッドの正体を探るまとめサイトなどに目を通していく内に、不気味な存在に対する恐怖心と、同時に幾ばくかの不謹慎な好奇心まで湧いてきた。

いったい謎の殺人鬼の正体とは誰なのか。

世間はその殺人鬼以上に『謎の黒バイク』の正体を気にしているのだが、首無しライダーの、い、い、い、正体を知る帝人にとっては、未だに謎のままである『ハリウッド』の方が遙かに興味深い存在だった。

だが、先刻杏里と会ったばかりで辛気くさいニュースを見るというのも締まりが悪い。

そう考えた帝人は、テレビのリモコンを手に取り呟いた。

「もうちょっと明るいニュースはないかな」

適当にチャンネルを回していると、羽島幽平の写真集が初週で二万部を突破したという話が流れ、画面には自分など比べるまでもなく華のある青年の顔が映し出される。

「凄いなあ。3000円の本が二万部って……印税が一割だとしても600万円かあ。映画も凄い盛り上がってるし、凄いなあこの人……」

自分の勝てる要素は何一つ無い。

テレビに映る完璧超人の美青年を見て、帝人は諦めたように嘆息を漏らす。

——それにしても……。

——この幽平って人、誰か知ってる人に似てるような気がするんだよね……？

そのアイドルを見る度に思う疑問を今回も同じように抱きながら、帝人はその後も適当に明るいニュースのやっている番組に切り替え続けた。

そして、どこのニュースも一斉に天気予報を始めた所で、ようやくネットでテレビ欄を調べ始める。

次の時間帯からは、四月という番組改編期の為か、殆どのテレビ局は特番を組んでいた。

『池袋100日戦線　潜入！　生放送で凶都池袋の闇を暴く！』

――凶都って……酷い言いようだなあ。

しかしながら、気にならないと言えば嘘になる。

帝人は少し迷ったが、生放送で知り合いが出るかも知れないという理由で、その番組を視聴する事にした。

結果として、その予感は的中する。

ただ、知り合いは知り合いでも――想像していたのとは少々違う類の知り合いだったのだが。


一時間後。

帝人の目の前のブラウン管には、白バイから逃げまどう漆黒の影が映し出されている。

「セルティさん……」

間違えようの無い姿を見て、帝人は口をパクつかせた。

そして、帝人はテレビを点けたまま窓の方に目を向ける。

ここから映像の現場には遠く離れており、流石にその姿を確認する事はできない。

何か音だけでも聞こえないものかと耳を澄ませるが、流石に無理のある話だった。

そうこうしている間に、画面内ではセルティが黒い翼を生みだし、そのままどこぞの怪盗のように空を舞う。

「本当に……大丈夫かな。ダラーズは……流石に動かしようがないか」

純朴という単語を擬人化したような存在である少年は、スタジオに戻されたテレビの映像に向き直り、自分とは本来縁の無いような『異形』の身を案じていた。

「まあ、セルティさんなら、なんとかなるよね？」

ダラーズの一員でもあるデュラハンの事を思いながら、帝人は静かにチャットルームに向かう事にした。

心の片隅では、明日の夕刻に行われる池袋案内イベントに期待と不安を抱きながら。

チャットルーム

田中太郎（たなかたろう）さんが入室されました

田中太郎【あれ、誰もいない】

田中太郎【また何時間かしたら来ますね】

田中太郎さんが退室されました

現在、チャットルームには誰もいません

バキュラさんが入室されました

バキュラ【んー？】

バキュラ【誰もいない感じ？】

バキュラ【よしよし、】

バキュラ【このまっさらな大地に今なら好き勝手書けるわけだ】
バキュラ【聞いてくれよジョニー】
バキュラ【俺は小学校の時、】
バキュラ【同級生の女の子に縦笛を吹かれた事がある】
バキュラ【その現場を発見した俺は】
バキュラ【黙っててあげるかわりにこう言ったんだ】
バキュラ【「君が口を付けたい笛は俺の顔にあるだろって」】
バキュラ【結果として彼女は縦笛の代わりに俺の口笛を舐めたのさ】
バキュラ【そしてそれを見てた別の男子にヒューヒューと指笛を吹かれたってわけさ】
バキュラ【HAHAHA】
バキュラ【実話なのにアメリカンジョーク成立!】
バキュラ【よし、】
バキュラ【あとはログを流すだけだ】
バキュラ【点呼開始ー】
罪歌さんが入室されました

バキュラ【1】
罪歌【こんばんは】
バキュラ【2】
バキュラ【ひッ】
バキュラ【ばんわっす】

田中太郎さんが入室されました
田中太郎【こんばんは】
田中太郎【なにやってるんですかバキュラさん】
バキュラ【ばん……わ……】
バキュラ【笑えよ】
バキュラ【みんな俺を笑えばいいじゃないか！】
田中太郎【アハハハハハハハハハハハ】
バキュラ【本当に笑うなんて!?】
狂さんが入室されました

参さんが入室されました

狂【初対面の御方を嘲笑するなどという行為は気が引けますが、御本人もお望みな事ですし、せめて盛大に笑って差し上げるのが人としての筋だと思いますゆえ、天地天命にかけて遠慮することなく貴方を嗤笑う所存です。それでは……】

参【(笑)】

狂【キャハハハハハハハハハハハハハハ！　アッハア♪　アハ、アハハッ！　エフッ……エフッ……キャハあッ！　キャハハハハハハハハハハ！　アーハハハハハハハハハハハ！　アハハ、アハハッ！　ちょッ……やめ……やめて！　可笑しいから！　本気で可笑し……やッ……駄目ぇ、許してぇぇぇッヒッ……ヒッ……アハッ……キャヒッ……キャハハハハハハハ！】

参【(笑)】

バキュラ【ばんわ……】

バキュラ【って、】

バキュラ【誰!?】

バキュラ【うわ凄く絶望と怒りをミックスされる笑い方！】

田中太郎【こんばんは】

田中太郎【初めましてですかね？】

罪歌【こんばんは】
狂【大変申し訳ありませんでした。こちらの皆さんとは初めてお会いする形になります。私達は今日からこちらのチャットに顔を出させて頂く事になった者ですので、何卒お見知りおきを。私は狂と申します。本来ならばまず挨拶から入るものだと思ったのですが、バキュラさんの渾身のアメリカンジョークを嘲笑する前に挨拶を挟んでは彼に対して失礼だと思った次第です】
参【参です】
バキュラ【なんか甘楽さんと性格似てますね】
参【ごめんなさい】
バキュラ【いや貴方じゃなくて】
田中太郎【二人とも、宜しくお願いしますねー】
狂【宜しくお願い致します。ところでその、バキュラさんって、もしかして女性だったらどうしようかと思っているんですが……。女性だとしたらその、縦笛を女性同士でその、アレして、その後女性同士で接吻的な行為をしたという事になって凄く耽美で雅やかな光景が私の脳内に記録されて、その、恍惚というか絶頂というか、そういう気分になるんですが】
参【えちー】
バキュラ【ご想像にお任せします】
田中太郎【また濃い人達が……】

罪歌【よろしくおねがいします】
バキュラ【そうそう、何時間か前のテレビ、あれ見ました？】
田中太郎【あ、池袋の奴ですか】
バキュラ【そうそう】
罪歌【なにか　あったんですか】
田中太郎【首無しライダーが、生放送のカメラの目の前に現れたんですよ】
狂【ああ、なんという偶然でしょう。私達も丁度その番組を視聴し終えて、首無しライダーの姿を一目見る事はできないかと外に出て、今しがた戻ってきた所なのですよ？　残念ながらかの生ける都市伝説の勇姿を見る事はできませんでしたけれど、その希望を抱いて夜の闇を歩く快感は中々得難い興奮を与えてくれました】
参【残念】
田中太郎【あ、お二人もやっぱり池袋の人なんですね】
田中太郎【基本的にここのチャットにいる人は池袋や新宿に住んでる人が多いみたいなんで】
田中太郎【どうぞお気軽に】
狂【至極感謝いたします。田中太郎さん。こんな空気も読まない発言を続ける、私のような広大なネットの海の砂にこびりついた水垢の如き存在にまで斯様な優しい言葉を掛けて頂けるなんて。恋をしてしまいそうです。ネット限定で】

参【ありがとう】
参【好き】
田中太郎【反応に困りますよｗ】
バキュラ【やっぱり甘楽さんの自演なんじゃや……】
罪歌【じえんとは　なんですか】
バキュラ【ドッキリカメラって事です】
田中太郎【ともあれ、私も明日は池袋の街を色々案内したりされたりするんです】
田中太郎【私もまだまだ街については素人ですから、こちらこそ宜しくお願いします】
狂【それは偶然ですね。私達も明日は池袋の街を散策する予定に御座います。もしかしたら町中ですれ違ったり殴り合ったりするかもしれませんね】
参【殴るの？】
田中太郎【お手柔らかにお願いしますよｗ】

翌日午前　池袋　アニメイト本店前

サンシャインの西側に位置する交差点から、国道２５４号線に辿り着くまでの短い区画。

女性向けの同人ショップやグッズショップなどが多数存在することから、『乙女ロード』等とも呼ばれる道だ。

陽気のいい午後、そんな道筋を男二人に女一人という面子が散策する。

女は狩沢、男のうち一人は遊馬崎だ。

もう一人の男――二人の保護者的存在である門田京平は、ニット帽を深めに被りながら背後を歩く二人の会話を聞いている。

より正確に言うならば、半分以上は聞き流している状態だったのだが。

「だからっすねー。俺は思うわけっすよ。アニメの感想を言い合うのはいいっすよ？　お互いに理論的に反論しあえばお互いの為にもなるっすからね。でもね、自分の好きなアニメを褒める為に『このアニメの面白さが解らない奴はパンチラとか出てくるアニメでも見てろ』とか言う奴は最低だし、それは間接的に自分の好きなアニメの事も馬鹿にしてるって事になると思うわけっすよ」

「ああ、『硬歯無双！　ガンジョーズ』のアニメの公式掲示板にそういう意見書く奴とかいたよね。馬鹿にされて頭にきてたのは解るけど、やっぱ別ジャンルを貶すのはねえ」

「全くっすよ！　俺は男しか出てこない硬派な燃える作品も大好きだし、パンチラ胸チラなんでもありの萌える作品も大好きなんすよへブラッ!?」

「ゆまっちの馬鹿ッ！」

突然頬を張られた遊馬崎は、目を丸くして狩沢に向き直る。

「な、なにするんすか狩沢さん！」

「萌えアニメ＝パンチラや胸チラなんて発言も誤解を招くよ！　萌えっていうのは見る側の魂のありようなんだからね！　萌えアニメっていうのは、言い換えれば世界中の全てのアニメの事！　鳥獣戯画だって立派な萌え絵巻なのに、それなのにゆまっちは！」

「いや、それは違うっすよ！　俺はパンチラと萌えを繋げて語る時は、一つの手法であり、同時に多くのファンタジーを孕んだ浪漫として——」

「——私ぐらいになるとガンジョーズの全男キャラに萌えられ——」

「——狩沢さんも絶対色々間違ってると——」

「——萌え——燃え——萌え——もえもえ——」

「——萌え——もえもえ？——燃え——」

延々と続く二人の会話を聞き、それまで黙り込んでいた男が声を上げる。

「頼むからお前ら、天下の往来で萌えだの燃えだの言うのは止めろ」

門田はそう言い切ると、右手で額を押さえながら溜息を吐きだした。

4月の暖かな陽気の中でも、冬の寒さの中でも、彼の後ろにいる二人の会話内容は変わらない。変わるとしたら、それは語るアニメや漫画のタイトルだけだろう。

「ったくお前らは、少しは二次元から離れた会話をしろ」

「解ったすよう」

「ちぇッ」

二人が素直に頷いた事を意外に感じつつも、門田はやっと静かになると思ったのだが――

「そういえば、原型師の妖艶絶無さんの作るフィギアって、最近ますます腰のラインがえっちくなったよねー」

「いやいや、あの人の神髄は僅かに浮かせた腹筋のラインで、スレンダーキャラの肋が超萌えっすよ！」

全く変わらない話の内容を聞いて、門田の怒声が響き渡る。

「てめえら……やめろっつった側からそれか！」

苛立たしげな門田に対し、遊馬崎と狩沢は驚いたように言葉を返す。

「ええッ!?　フィギアは三次元だよ!?」

「違うっすよ狩沢さん！　フィギアは二・五次元っす！」

「……お前らといると、時々ここが日本か疑わしくなるな」

半分諦めたように呟きながら、門田は自分の目的地である東急ハンズ方面へと歩を進めた。

そのまま角を一つ曲がり、幾分人気が減った所で、ふと、後ろの二人に尋ねかける。

「で、今日の夕方だろ？　帝人とかと一緒にその辺の店とか回ってやるのは」

「うん、まあね。ドタチンも一緒に行く？」

「よせよ、俺なんかが行ったら怖がらせるだけだろう」

「そっかなぁ？　ドタチン、帽子とか脱いで前髪降ろせば優等生っぽくなると思うけど？」

からかうように言う狩沢の言葉を無視しながら、門田は無言で歩を進めていたのだが——

そこで彼は、見慣れないものを目撃する。

「っからよー。ちょっと聞いてるだけじゃん、な？　黒いバイクの事って知ってんだろ、な？」

「お嬢ちゃん達もさ、お金って欲しいんじゃん？　でも俺らも欲しいからさー。独り占めすんなっての」

「つーか俺らにお小遣い投資しね？　一千万円取ったら体で払ってやんよ。利息分まで」

「俺らなら年も近いからエンコーになんねーって。マジで。だからタダでいいじゃん」

そんな、いかにもと言った感じの言葉を吐き出しているのは——二人連れの女子高生を取り囲んだ数人の男達だ。どの男達も強面といった感じの服を身に纏い、そのうち一人は縞模様の特攻服を着ている。

「つかさぁ、わかった。君たちが黒バイクの正体でしょ」

「だよねー」

「それ超ウケル」

「だからさー、一千万円分俺らと遊んでけよ」

挑発の内容も、何やら時代がかっていて全く垢抜けておらず、街の空気から随分と浮いてしまっている。

門田はそんな男達の様子を見て、思わず独り言を呟いた。

「……今どき、あんな露骨なチンピラを見かけるとはな」

首を振りながら歩を進める門田達三人。

そんな背後の様子にも気付かず、男達は尚も二人の少女に絡んでいる。

「つかさぁ。君ら、こんな町中で遊んでんだから、チョーお金持ちなんしょ？」

「ウッゼ。ウッゼ！」

「黙ってないでなんとか言えよ。あぁ？」

「まぁ待てよお前ら。超怖がってるじゃん、ねえ？　ごめんねぇ。お詫びにさ、どっか行きたいとこあんなら送ってってあげるよ？　ねえ？」

チンピラ達がマッチポンプめいた芸を始めた所で、門田は静かに口を開き――――

♂♀

数時間後　東急ハンズ前

来良学園は、長期休みに入る前後数日は午前授業で終了となる。休みと学業を緩やかに切り替える為の措置だというが、生徒達は単に「午後遊べてラッキー」ぐらいにしか受け取っていないし、ある意味それは狙い通りなのだろう。


そうしたカリキュラムを終えた後、街には来良学園の制服の色が溢れかえる。

元来私服ＯＫの高校ではあるのだが、街に出てしまえば私服組は街に溶け込んでしまい、制服組だけが共通の集団として浮き彫りとなる。さながら——カラーギャングのように。

そんな来良学園の制服を纏ったまま、帝人はゆっくりと町中を歩んでいく。

待ち合わせの場所に到着すると、そこには既に杏里と後輩の姿があった。

「あ、あれ？　もう来てたんだ？　ごめん、待たせちゃった？」

「いえ、俺は今来たとこです」

「私も」

杏里と青葉は互いに遠慮している感じだが、二人が会話していた感じはない。

恐らく、本当に二人ともたった今ついた所なのだろう。挨拶を終えた所で、青葉が杏里にも頭を下げる。

「本当にすみません。せっかくの時間を、俺の我が儘で潰しちゃって……」

「そんな事ないですよ、僕らも暇だったんですから」

帝人の言葉に合わせ、杏里もゆっくり頷いた。

幼さの残る後輩は、そんな先輩達の態度に感謝するような態度を示し――

次の瞬間、好奇心に溢れすぎた質問を口にする。

「竜ヶ峰先輩と園原先輩って、付き合ってるんですか？」

刹那、二人の間で時間が止まる。

考えてみれば――初対面の人間からすれば当然の判断だろう。

青葉が池袋の案内を頼んだのは、あくまで帝人であり、杏里がこの場に来た事は全くの予想外だったろう。普通に考えれば、男女の関係、もしくは何らかの特別な関係であると想像するのが自然な流れだ。

だが、青葉の言葉に帝人は露骨に狼狽し、杏里も顔を僅かに赤らめて俯いている。

肯定しているのか否定しているのか解らない反応の二人に、青葉は首を傾げながら念を押す形で尋ねかけた。

「違うんですか？」

「や、ややや、そういうんじゃなくって……まだ、その、友達だよ、友達！」

「へえー。じゃあ、園原先輩って、今フリーなんですか？　俺、立候補しましょうか？」

「なッ……！」

気軽にとんでもない事を言い出す後輩の顔を見て、帝人はむしろ尊敬の念を抱き始める。

——なんで、こんな気軽に……！

——しかも、正臣よりもちょっと爽やかな印象だ……！

唇を震わせ、何か言おうとする帝人だが——肝心の言葉が出てこない。

後輩にしてやられたという悔しさと、素直に異性に自分をアピールできる性根への敬意。

そんなものを織り交ぜながら固まる『先輩』に対し、後輩である少年は困ったように声をあげた。

「あ、あの、竜ヶ峰先輩。冗談ですよ？」

「え？」

「だからその、世の中に絶望したような顔で見られても困るんですけど……」

「……そ……そんな顔してた？」

帝人は恥ずかしさに顔を赤くし、横目でチラリと杏里の方を見る。

杏里は杏里で、そんなやりとりを聞き、恥ずかしそうに俯くばかりだった。

まるで小学生のような二人に、顔は一番小学生に近い少年が笑いながら帝人に囁く。

「良かった、ダラーズの人だから本当に怖い所あるのかと思ったんですけど……先輩みたいな人がダラーズの中にいて良かったですよ」

「そうかな。そう言ってくれると嬉しいけど……」

——あれ？　今、僕、褒められたんだよね？

もはや相手の言葉が皮肉なのかどうかも解らなくなった帝人は、愛想笑いで自分自身をも誤魔化した。

青葉はそんな帝人を見ながら、更なる好奇心をもって尋ねかける。

「あの……じゃあ、今日、これから来る人達っていうのもダラーズの人達なんですか？」

「うん、まあそうなんだけど……怖い人達じゃないから安心して」

——別の意味で怖いかもしれないけど。

遊馬崎と狩沢のマシンガントークを思い出しながら、帝人は周囲を見渡し、案内人である彼らの到着を静かに待つ。

しかし、そこに現れたのは狩沢達ではなかった。

「ちょっといいですかぁー？」

「貴方の幸せを祈らせて下さぁーい」

帝人の両側から現れたのは、１８０センチを超えようかという長身の男達だった。

「!?　？　？　な、な、なんでしょう？」

「いいから面見せろ」

慌てる帝人の意思を無視して、長身の男達は帝人の顔を押さえ、冷徹な声を紡ぎ出す。

「こいつか？」

「こ・い・つ・だ！　ビンゴビンゴビンゴ。確変入りましたぁー」

何がビンゴなのか、嬉しそう顔を見合わせる男達。

唇に開けたピアスや煙草のヤニで真っ黒になった乱食歯などを見るに、平和主義者というイメージは感じられない。帝人は『人は見かけによらない』という言葉の信仰者だが、流石に目の前の二人は見かけ通りなのではないかという確信があった。

突然の事にあっけに取られている青葉と杏里を余所に、男達は下卑た笑いを浮かべながら帝人に煙草臭い顔面を近づけた。

「君さぁー。居たよね？　こないだ居たよね？」

「い、居たって……どこに？」

「こないださぁー君、居たよね？　俺らが門田とかにボコられてる時、黒いバイクと一緒に廃工場に居ましたよねぇー？　あぁ？」

「今日は俺ら、黄色い布とか巻いてないから油断しちゃったぁ？」

「……ッ！」

黄色い布という単語で、帝人の心が一気に混沌に震え上がる。

「……貴方達は……」

——黄巾賊の残党!?

黄巾賊とは言っても、正臣が集めた純粋なメンバーではない。

元々は『ブルースクウェア』というチームの残党であり、黄巾賊を乗っ取る為に内部に潜入していたメンバーだ。もっとも、逆に潜入された門田達によって潰されたのだが。

「ま、いいんだわ。こないだ君がなんであそこにいたのとかはいいんだわ」

「ただぁ、俺らは一千万欲しいだけだからぁ。解るっしょ?」

一千万円。

その単語を聞いて、帝人の中で一斉にパズルのピースが嵌る。

つまり彼らは、帝人をダラーズの一員として報復に来たわけではなく——

「あの黒バイクの居場所、てめぇなら知ってんだろうが! あぁ!?」

「いいからよー。とりあえず携帯寄付して貰おうぜ? 電話番号とか書いてあるんじゃゃね?」

男達は無造作に帝人の鞄を奪うと、乱暴に開けて中身を漁る。

「ちょッ……止めて下さい!」

「つせぇ!」

帝人は抵抗しようとするが、体格差はいかんともしがたく、帝人はその差を埋める武道を嗜んでいるわけでもない。

180センチの巨漢達には手も足も出ず、このまま携帯を奪われてしまうのかと思われたその瞬間――

「ハーイ。ミカード」

長身の男達の後ろから、更に頭一つ以上大きな影が覆い被さった。

「!?」

「な、なんだッ……てめッ……ちょッ……」

それは、白いTシャツを着た黒人の巨漢だった。

一瞬、帝人はそれが誰であるのか迷ったが、すぐに相手の正体に気付く。普段の板前衣装では無かった為に解らなかったが、それはこの界隈の名物のような男だった。

「サイモンさん！」

「どしたノ、駄目ヨ、喧嘩。お腹ペコリンコヨー。今日、うちの寿司屋お休みヨー。だから、喧嘩したら飢え死にするヨー」

「て、てめッ。はな……」

「う、うごか……」

二人とも肩を上から押さえつけられているだけなのに、全身が深い海の底にいるかのように重苦しくなり、指先すら思うように動かない。

それほどの圧力を掛けながら、当のサイモンは涼しい顔をして言葉を紡ぐ。

「ほら、鞄拾ってテ。ここは拙者にマカセテ先に行くで御座るヨー」

どこのテレビで覚えたのか、やはり発音の怪しい日本語で微笑ましい台詞。

通常なら死亡フラグと呼ばれるような台詞も、彼が言うと相手の死亡フラグにすり替わる。

「で、でも、サイモンさん……」

「女の子一緒の時、喧嘩ダメヨー。富岳三十六景逃げるにシカリヨー。イイから行ッタ行っタネー」

「あ、ありがとうございます！　今度、みんなでお寿司を食べに行きます！」

「オー。ありがとネー。お礼に、時価、トイチにするヨー」

微妙に怖い間違え方をしている日本語を聞きながら、帝人は鞄を拾い、青葉と杏里の手を取って掛けだした。


池袋の道を駆けながら、帝人は杏里と後輩に頭を下げる。

「ご、ごめん！　僕のせいでいきなりこんな事に巻き込んで……！」

「いやその、巻き込まれたもなにも、被害受けてたのは先輩だけなんですけど」

青葉の言葉に半分納得しつつも、どんな形であれ、怖い思いをさせた上に情けない所を見せてしまったという思いはぬぐえない。

高校に入って初めてできた後輩。

自分を尊敬のまなざしで見る青葉の言葉に、自分は舞い上がってしまっていたのではないだろうか？　いい気になっていたのではないだろうか？

後悔をする暇はあれど、反省をする時間はない。

何故なら——

路地の各所から、携帯電話で連絡を受けたと思しき男達がこちらを追ってきたからだ。

「おい、マッシー達はどうする!?」

「ほっとけ！　サイモンは全員で掛かってもやべえし、あそこで揉めてっと静雄が来る！」

そんな事を叫びながら、帝人を追う青年達。

全力で駆ければ20秒と掛からずに追いつく距離だ。

しかしながら——彼らにとっては運の悪かった事に、そして、帝人達にとっては運の良かった事に、この近辺で、少年達は別の人間とも待ち合わせをしていたのだ。

「ひッ!?」

唐突に帝人達の前に停車したバンを見て、新たな追っ手かと悲鳴をあげる帝人。

だが、その助手席に座る男に見覚えがあり、途端に顔を輝かせる。

「か、門田さん！」

次の瞬間、バンのドアから顔を出した狩沢が、帝人達に向かって叫ぶ。

「何で追われてんの!? まあいいから乗って乗って！」

間一髪。

帝人達三人はギリギリの所でバンに乗り込み、チンピラ達の手が届く直前に扉を閉める事に成功した。

ほぼ同時にエンジンをスタートさせる渡草。

その助手席のドアにチンピラの一人が手をかけようとしたが——

開いていた窓から放たれた門田の拳が、一瞬で相手を沈黙させた。


「た、たたた、助かりました！」

「いいっていいって。待ち合わせにちょっと遅れちゃって御免ねー」

そう言いながら、狩沢はカラカラと笑ってみせる。

バンの中は意外と混んでおり、後部のスペースには帝人達三人の他に、狩沢と遊馬崎、そして——帝人には見覚えのない少女が二人座っていた。

双子なのか、眼鏡の有無を除いて同じ顔をした少女が二人、バンの一番後ろに座っている。

「あれ……君たち、どうしてここに？」

驚いたように尋ねたのは、黒沼青葉だった。

——知り合いなの？

帝人がそう尋ねようと思った次の瞬間——

車外から派手なクラクションが聞こえ、バンの側面に鈍い音が走る。

「くそ。もう見つかったか」

苛立たしげに言う運転手の声に、帝人は不安げな顔で周囲を見渡した。

最初は自分達を追う黄巾賊の残党が車で追ってきたと思ったのだが、黒塗りされた窓から見えるものは、縞模様の特攻服の男を乗せた改造バイクの群れ。

「停めろッっらぁーッ！」

「ガソリンで殺っと丸揚げにすんぞコラァ！」

「おい、応援はどうしたぁ！」

「黒バイクを見つけたからこれねえってよぉ！　寧ろこっちに来いだとよ！」

そんな叫びが周囲のバイク集団の間で飛び交うが、バンの中にいる帝人には何を言っているのか聞き取れない。

「ど、どうなってるんですか？　これ、どうなってるんですか？」

「それがっすねえ。残念なお知らせがあるんすけど、君達は不幸から逃れて新たな不幸に巻き込まれてしまったんす。残念無念。いまや俺らの周りは超能力を研究する某学園都市並のトラブル空間になってるっす。誰かの右手がこの嫌な幻想をぶち壊すのを御期待下さい……の巻！」

「何言ってるんですか!?」

「今のうちに聞いておくっすけど、知り合いにカエルに似た医者はいるっすか？　それなら生存率が十割ほど跳ね上がるんすけどねえ。あ、カエル繋がりで白山名君でもいいっすよ」

わけの分からない事を言い出す遊馬崎との会話は諦め、帝人は助手席に座る門田を見る。

バックミラー越しに目のあった門田は、少しばかり申し訳なさそうに目を逸らし――一言。

「ちょっと色々あってな……すまん」

「え……えええええッ!?」


誰も求めていなかったスリル満点で始まった池袋観光ツアー。

終着点の見えないまま、デスレースに否応なしに巻き込まれる少年達。

一歩先が全く予測できない、もしくは予想したくもない状況の中――

彼らは、前方から迫る首無し馬の嘶きを聞いた。

3章 chapter003

若姫倶楽部『世界で一番火照い春！ 女子高生達のエロティカルターミナル、池袋！』

『濡れる黒板消し！　街をキャンパスにした放課後の課外授業は止まる事を知らない！　シャイニングローズの香り漂う東京デンジャラスホライズン、池袋——。

灰に塗れた情欲を癒すために彷徨う孤高にして気高いイーグル、女子高生！

情熱と破滅のボーダーラインを愛撫する彼女達の間に、特派員は伝説の山姥を見た！』

そんな見出しが恥ずかしげもなく並べられたアダルトマガジン、若姫倶楽部。

最近の若者の一部をこれ見よがしに煽り立て、更に上の年代に向けて販売されている雑誌の筈なのだが、どうにも妙な穿ち方をしており、雑誌そのものがマニアックな方向に走っているので有名な一品だ。

表紙で扇情的なポーズを取っているのは、どう見ても二十歳を超えた女性がセーラー服を着て、スカートの下の御神足に御札が何枚も貼り付けられている。

グラビアページを開くと、女性の体の大事な部分がやはり御札で隠された、いやらしいやら何やら解らない写真が載せられていた。
エロ本というだけで人前――特に女子もいる教室等では開きづらいのだが、その内容の妙な方向へのマニアックさがますます本を開きづらくさせている。

そして、来良学園の一年の教室の中で――それを堂々と読んでいる人影があった。

「へー。ふーん。ほおー。エロイねー。いいよねー。こういう体になりたいよね?」

椅子を後ろに傾けてふんぞり返りながら、一人でニヤニヤとしているその人影は――

来良学園とは違う、黒を基調としたセーラー服を纏っていた。

眼鏡をかけ、化粧っ気の無い清楚な微笑み。

どう見ても、図書室の隅で漱石や太宰を読むのが似合うような文学少女だ。

「あーもー、いいなー、どうしたらこんなに胸おっきくなんだろね? 牛乳? 牛乳かな? 牛乳を直接胸にすり込んで揉めばちょっとは大きくなるのかな? どう思う?」

と、清楚な微笑みのままで隣の男子に尋ねかける眼鏡の少女。

尋ねられた男は「そんなこと聞かれても」といった表情で顔を赤らめ、少女の方をちらちらと見ながら机の上に突っ伏した。

同じ眼鏡少女でも、彼女は園原杏里とは正反対のタイプ。

どこか陰のある大人しさを持つ杏里に対し、こちらの少女は眼鏡の奥で策謀を巡らし、天然の明るさでそれを振る舞うような印象だった。

そして——そんな少女が、俗にエロ本と呼ばれるものを楽しげに眺めていた。

黒く長いスカートに、ガリ勉を思わせる眼鏡。

とてもそういった類の本を読むような人間には見えない。

しかし、実際問題彼女は清楚な表情のままグラビアページを読み漁り、左右にいる男子生徒達に独り言を織り交ぜながら会話を紡ぎ続けていた。

男子生徒達は揃って困った顔をしたまま——つい30分程前に出会った少女に翻弄される。

♂♀

来良学園　入学式当日

来良学園は、南池袋にある共学の私立高校だ。

数年前までは別の名称だったのだが、近隣にある高校と合併した結果として現在の学園の形が成り立った。

敷地面積はそれほど広く無いものの、限られた面積を最大限に利用したその造りは、在学生に決して狭さを感じさせる事はない。池袋駅から近いという事もあり、東京近郊の人間にとっては在宅で通える高校として人気の高い高校だ。偏差値と共に入学の難度も緩やかに上昇傾向にあり、合併前まで荒みきっていたという噂は完全に過去の物となっている。

高い校舎からは周囲の風景が一望できるが、眼前に立ちはだかる60階建てのビルが優越感を与える事を許さない。反対側には雑司が谷霊園が広がっており、都会の中心にありながら、どこか寂寞とした雰囲気に包まれている。

しかしながら、生徒達が集まればそんな雰囲気は吹き飛び、若人達の活気によって都会の中のオアシスへと様変わりする。

入学式がつつがなく終了した後、各クラスではそれぞれクラス内での自己紹介などが始まったのだが――

その中で、異彩を放つ者が数名存在する。

まずは、各クラスに一人はいるであろう御調子者の類。

ウケを狙ったりした結果、それが受け入れられて教室を湧かす者――逆に大きく滑ってしまい、入学初日から居心地を悪くする者。あるいは、自分が滑った事も気付かない、空気の読めない人間。

そんなスター性を目指して目立つ者達も居れば、体格や人相などで否応無しに目立つ者達。

あるいは、自己紹介で自らの名前や挨拶を噛んだりしてドジッ子のイメージを与えたりするものなど様々だ。

多くの人間の喜怒哀楽と共に、『第一印象』という外しがたい壁を他者に与える儀式。

学園の性質上、中学校やそれ以前からの同級生が一緒になることは少ない。来良中学を含めた一部の近隣中学の者同士を除き、昔馴染みはクラスに一人か二人居れば良いといった調子だ。

これからの一年、あるいは3年、もしくは一生を決める人間関係の中で――『第一印象』という仮面は意外にも重い。

人は外見ではないと言うが、内面を見抜ける者が存在しなければその言葉に意味は無く、自らのクラスメイト達がその『内面を見てくれる者』だとは限らないのだ。

この印象如何によって様々なグループが作られ、昼食や班分けに強く影響する。

いわば自分がその空間に馴染めるかどうか。入学初日の自己紹介というのは、それを判断する一つの儀式――あるいは試験であると言えた。

だが――その重要性を理解しているのかいないのか――明らかに空気の読めていない生徒が二人存在した。

♂♀

一人は、一年B組に現れた眼鏡の少女。

「折原マイルです！　折り紙の原っぱに、舞に流れるで『舞流』です。よろしくねッ！　好きな本は百科事典と漫画とエロ本です！」

挨拶そのものは、最後の一言がウケ狙いなのかと周囲に思わせたぐらいで、特に目立った様子はない。だが、その黒いセーラー服は緑色の基本制服の群の中で異常に目立つ。

そして——その直後に吐いた言葉が、周囲の空気を一変させた。

「恋愛も性欲も基本的に両刀です！　でも、男のベッドポジションは埋まってるから諦めて！　女の子は何人とでも付き合えるから、そこのとこは踏まえて告白してね！」

♂♀

もう一人は、一年C組に現れた、これまた目立つ外見の少女だった。

「折原……クルリです」

彼女は入学式だというのに体操着を身に纏い、入学式の時点からかなり目立つ存在だった。

確かに来良学園では式典の服装も自由だが、大抵の者は空気を読んで規定の制服やブレザーなどを身に纏っている。

にも関わらず、少女の選んだ服は体操着。

担任教師が座りかけた少女に一言問いかける。

「他に何か言っておく事はありますか？」

「無……」

少女は消え入るような声でそう告げると、緩慢な動作で腰を下ろした。

薄手の布は彼女の胸の大きさを強調しており、引き締まった手足と対照的なそのボディラインは、ただそれだけで周囲の男子の視線を釘付けにする。

ただし、男子も流石に体操着で式典に参加した少女を疑問に思っているのか、他の女子の軽蔑の視線を受けてまで、クルリと名乗った少女の体つきを見つめ続ける者はいなかった。

如何にも健康的な服装と体格。

しかしながら——その表情は暗く澱んでおり、どう見ても健康そうには見えない。

名前だけ言った少女は静かにそのまま席へと座り、何事も無かったかのように俯き続けた。

そんな彼女の隣の席に座った一人の男子生徒——黒沼青葉は、変わった格好の少女を見てぼんやりと考える。

——暗い感じの子だなあ。でも、なんで体操着？

疑問には思ったが、それだけに止め、それ以上は特に気にしない。

周囲を見渡すと、自分の他にも彼女に好奇の視線を送っている男子や、あるいは気持ちの悪

いものを見るような目で見ている女子生徒の姿などがある。

——ま、虐められなきゃいいけど。

たいして自分に関係のないような態度を取り、そのまま次の紹介者へと目を向ける。

青葉だけではなく、大半の者はそうした様子を見せていた。

周囲から浮いた変わり者が一人いる。

それだけの事だと判断し、やがて、他のクラスメイト達の自己紹介に意識を戻していった。

♂♀

お互いに異なるクラスなので、その時点で生徒達は気が付かなかったが——

B組とC組に現れた風変わりな少女達。彼女達は、眼鏡や髪型、胸の大きさを除いて殆ど同じ顔立ち、体つきをしていた。

そして、二人とも『折原』という名字だったことから——

校名が来良学園に変わる以前からの教師陣の脳裏には、『要注意』の文字が浮かび上がる。

「……まあ、兄が兄なら妹も妹、という事は無いでしょうし、それで偏見を持つわけにはいきませんが――」

古株の美術教師が、職員室で静かに茶を啜りながら言葉を漏らす。

「しかし……臨也君や静雄君が居た頃に比べると、本当にこの学校は平和になったよ、うん」

老教師は苦笑しながら、どこか懐かしむように過去の問題児達の顔を思い浮かべた。

「あの頃は、ガソリンの入ったドラム缶が校舎の三階に転がったりしてたからねえ」

♂♀

同時刻　新宿　某マンション

「そう言えば……」

作業の手を止める事なく、波江が少しだけ表情を和らげて口を開いた。

「今日は、来良学園の入学式と始業式だったわね」

どことなく嬉しそうな彼女の声を聞いて、メールの処理をしていた臨也がやはり視線を向けぬまま言葉を返す。

「ああ、そうだね。でも、どうしたのかな？　急にそんな事を言い出すなんて」

「誠二も今日から高校二年……始業式に駆けつけてお祝いしてあげたかった……」

「始業式って……。入学式じゃないんだからさ、保護者は関係ないでしょ」

「私が見たいの」

なんの迷いも無く答える波江に、臨也はやれやれといった感じで首を振る。

普段は徹底したクールビューティーである波江だが、弟である矢霧誠二に関してだけは異常とも言える程に深い愛情を露わにする。

それはもはや家族愛というレベルではなく、肉欲をも含めた男女間の愛情。

もっとも、弟の方にはその気は無いらしく、そんな姉をむしろウザったく思っている程なのだが——波江からすれば、そんな冷たい視線すらも愛おしい。

弟の成長した姿を想像したのか、桃色に染めた顔に恍惚とした表情を浮かべ、上機嫌になりながら作業をこなし続けた。

臨也はそんな助手にチラリと視線を向け、溜息を吐きながら呟きを漏らす。

「来良学園か……合併して名前が変わってからは、全然雰囲気変わっちゃったよねぇ」

「あら、貴方、あそこの出身だったっけ？」

「もう卒業したのは6、7年ぐらい前かな。まだあそこが来神高校って名前だった頃だからね」

一瞬臨也は懐かしむように微笑み——次の瞬間、それが憎しみを含んだ凶悪な笑みへと変化した。

「ま……シズちゃんに出会ってしまった事も含めて、嫌な思い出しかないけどね」

「貴方、本当に静雄が嫌いなのね」

そう呟いた後、ふと、波江はある事が気になって尋ねかける。

「6、7年前に高校卒業って……貴方、確か今21歳とか言ってなかったっけ？」

「何年か前から、ずっと他人には21歳って名乗ってるよ？　そう簡単に俺が個人情報を渡すと思うかい？」

波江は呆れながら聞き流しかけ——ふと手の動きを止め、初めて臨也の方に視線を送る。

「私の事は少しは信頼してくれてるって事？」

「信頼とはちょっと違うかな。腹心が反乱を起こさないように、少しはこっちの情報も教えてあげようと思っただけさ」

「死ねばいいわ」

吐き捨てながら仕事に戻り、波江は意趣返しとばかりに一つの事実を突きつける。

「そう言えば——貴方の妹達も、今日からあそこの生徒だったわね」

「……良く知ってるね」

僅かに、臨也の表情が硬くなる。

「こっちだって、自分の仕える王様の事ぐらいは調べてるって事よ」

「……まあ、その、俺がいつもやってる事ではあるけどさ」

自分がやられるのはいい気分ではない。そう言いたげに苦笑するが、諦めたように仕事の手を止め、椅子に寄りかかりながら独り言のように呟いた。

「苦手なんだ、あの二人は」

「あら、貴方に平和島静雄以外に苦手なものがあったなんて」

「茶化すなよ。俺だって人間だよ？　完全じゃあないさ」

そこで大きく息を吐き出し、臨也は自分を取り巻く環境について話し始める。

「俺の妹……『九瑠璃』と『舞流』っていうんだけどさ……。なんていうか、俺の両親は普通だよ。名前のセンス以外はね。だけど——俺はそんなまともな環境の中でこんな人間になってしまったわけだ」

「あら、自分が変態だって自覚はあったのね」

波江の皮肉を受け流しながら、臨也は両手を組み、絡んだ指をもぞつかせながら語り続けた。

「俺は環境に関わらずに変になったんだが——あいつらの場合は、多分俺に影響を受けて変になったんだと思う。流石に、そこには少しだけ負い目を感じていてね」

「変って、どんな風に？」

——この変態から見て変だなんて、どんな子達なのかしら？

興味が湧いたのか、波江は一旦作業の手を休め、キッチンにあるポットから紅茶を入れる。

立ったままではあるが、完全に話を聞く体勢となった波江に対し、臨也はどこか疲れたような表情をしていた。

「あの二人が目指しているものは――『人間』だ」

「……は?」

「あの二人はね、人間の縮図そのものになりたいのさ。特に、日本人のね」

「言ってる意味が良くわかんないんだけど」

訝しげに尋ねる波江に対し、臨也はうっすらと苦笑を浮かべて答えを返す。

「難しい所ではあるんだけどね。彼女達は単純に、双子は、二人で一つと考えている」

「……ああ、確かに、双子って二人揃って一つの生命体って感じはするわよね。私達から見れば。……でも、双子から見たら結構心外なんじゃないの?」

「普通はそうかもね。だけど、さっきも言ったように俺の妹達は普通じゃない」

ノートパソコンの蓋を閉じ、臨也はゆっくりと椅子から立ち上がった。

窓に掛けられているブラインドを指で開き、そこから漏れてくる明かりに目を細める。

「ゲームとかでよく、パラメーターってあるだろう? 魔法が得意だけど格闘技がからっきしだとか、喧嘩は強いけど脳味噌が薄っぺらいとか。RPGなんかだと、それを補う為にバランスのいいパーティーを作り上げるわけだ。互いが互いの欠点をフォローできるようにね」

「まあ、そこは現実でも一緒よね。適材適所は合理化の第一歩だわ」

「適材適所と言えれば良かったんだけどねぇ」

臨也は立ったままテーブルに手をつき、自分の妹たちの姿を思い浮かべた。

「で、あいつらはさ、そのパーティーを二人で組もうとしてるのさ。一人は武道家、もう一人は魔法使いって感じでね」

「……話が見えないんだけど」

「単純な事さ。彼女達は意図的に異なる人格を作り上げる事にしたんだ。双子なのに性格の全然違う二人に、意図的になろうとしたんだよ！　そんな二人が一緒に行動することで、自分達が優れていると……何でもできるんだと錯覚しようとしたんだろうね」

滑稽なものを見た時ように、臨也は含み笑いをするが、その目は一切笑っていない。

「外見も、性格も、小学生の頃にくじ引きで全部決めたのさ。整合性なんか無視してね！　だから、姉のクルリは無口で暗いキャラクターなのに体操着を。妹のマイルはお喋りで陽気なキャラクターなのに外見は文学少女になったたってわけさ」

「いや、それ……普通におかしいでしょう。外見と内面をバラバラにする意味が無いわ」

呆れた声を出す波江に、臨也はゆっくりと頷いた。

「ああ、意味が無いね。だけど、あいつらにとっては『外見と内面を一緒にする事』ってのにも意味が無いのさ。どうせ最後は二人で一つ。パーツさえ揃えば問題無いって考えなんだから。自分達はそれができる特別な存在だと思ってるのさ。全くもって呆れた中二病患者だよ」

「中二病って何？」

「検索でもして調べてくれ。まあ、自分は超能力が使える筈だとか前世は光の戦士だったとか言い出されるよりはマシだけど、とにかくあの二人は目立つんだ。どんな集団に属してもね」

「なるほど、黒幕志向の貴方としてはあまり一緒に居たくないわけね」

淡々と臨也の事情を分析する波江。

臨也は図星を突かれたのか、軽く目を逸らしながら言葉を返す。

「まあね、あの二人の言動とか会話を聞いてるとこっちが恥ずかしくなる。会えば解ると思うけど……相ッ当に『痛い』よ？　俺から見て痛いんだから間違いない」

「自分も痛い範疇の人間だって解ってるんだったら、少しは自重しなさい」

「弟の為に、勝手に女の子の顔を整形する奴に言われたくないなあ……」

強烈な皮肉を返す臨也に、波江は薄く笑いながら——

「あら。私は誠二に対して自重する気なんてないわ」

「……」

「愛にはブレーキもアクセルも必要無いのよ？　だって、想った時には既に相手に辿り着いているものなんだからね」

答えになっているようで全くずれた言葉を呟きながら、波江はうっすらと頬を染める。

その様子だけを見れば、少しばかり歳のいった乙女といった所だろう。

——愛の対象が、実の弟でさえなければね。

呆れたまま椅子に座り直す臨也。波江はそんな彼に向かって表情を戻し、更に問う。

「でも、大丈夫なの？　今日び、そんな浮いた子がいれば——すぐに虐められたりするんじゃないかしら？　最近のいじめって陰湿よ？」

言葉の内容は臨也の身内を気遣っているようだが、声に感情は全く籠もっておらず、勘ぐるまでもなく他人事の様子だった。

対する臨也も、半分他人事のような表情で、妹たちを取り巻く環境に気を回す。

「そうだねえ。いじめとか起こらないといいけど……まあ、無理じゃないかな」

溜息を吐き出しながら、情報屋は最後にニヤリと笑って見せた。

「かわいそうに」

♂♀

3日後　昼　来良学園

虐めとは、何故行われるのだろうか？

教室の後方に座りながら、黒沼青葉は静かに考える。

虐める理由は虐める方にあるだの虐められる方にも原因があるだのと言われるが、実際問題、そんなことは大してどうでもいいのではないだろうか。

社会のひずみ、ゲームの影響、漫画の読み過ぎ、親が悪い、学校が悪い、ネットが悪い。どうでもいいことだ、と、青葉は思う。

原因などはそれこそ無数に存在するのだろうし、それらの原因を全て取り除いた所で、いじめを行う人間はいじめを止めたりしないだろう。

つまるところ、彼らは気持ちよくなる為にやっているのだから。

気持ちよくなりたいのを我慢できなかった奴が、結果的に虐めに走るのだろう。

それは多少乱暴な結論だったが、青葉は自分でも単純な考えだと思いつつ、自分の意識をその先へと進める事にした。

——俺は、誤魔化しはしない。

——自分より弱い奴を虐めるのは快感だ。

——あとは、俺がそれを我慢できるかどうか。

歩兵しかいない国を相手に、安全な所からミサイルを撃ち込むようなものだろう。安全を感じられる、自分が何かより優位に立っているという事実は、どんなに綺麗事を並べ立てようと快感に他ならない。

——見てるだけで止めない奴も——報復される恐怖と同時に、自分じゃなくて良かったたっていう快感を感じてるんだろうな。

——そうだよね、安全な立ち位置っていうのは、そこに立つだけでもう立派な快楽だよな。

——本当に快感を感じない、心の底から人を助けたいっていう聖人みたいな人間も、そりゃ中にはいると思う。地球にはこれだけ人類がいるんだ。いない方がおかしい。

——まあ、だけど……この教室には、殆どいないみたいだ。

と、帰りのＨＲが始まる前に——

青葉は隣にある折原クルリの机を見ながら、ぼんやりとそんな事を考え続けた。

その机には——油性マジックで、いくつもの落書きが書かれている。

——ていうか、入学３日目からってのも凄いなあ。

しかし、そこに書かれている落書きの内容は、少々通常の虐めとは変わっていた。

『淫売女の姉貴』

『責任取れ！』

『保護責任遺棄！』

『援助交際姉妹』

『鬼籍に入れ！』

等と、やけに漢字の多い落書きが多数描かれている。

当のクルリは、その机をぼんやりと眺めているだけだ。

彼女が図書室に赴いたほんの20分程の間に犯行は行われた。

確かにクルリは体操着姿なのに暗い雰囲気で、あからさまに浮いた存在だったが——当人についての罵詈雑言は殆ど書かれていない。

何故、彼女ではなく彼女の妹である『折原マイル』に関しての文言が多いのか。

その理由は——その日の朝に遡る。

♂♀

「おっはよー」

入学3日目の朝に、折原マイルが登校すると——彼女の机一面に『淫売』や『一回千円』『エンコーします』等という落書きが書かれていた。

マイルは一瞬動きを止め、

「んー」

と笑顔を固めたまま教室の中をぐるりと見渡す。

見ると、教室の中の全員が彼女に背を向けて、机の状態になど気にも掛けない。むしろ、彼女の姿自体が目に映らない、といった態度を取っていた。

典型的な虐めの空気。

だが、彼女はそれでも冷静なまま周囲を見張り続け——

教室の前の方の窓際にいる女子生徒のグループの一つに目をつける。

彼女達の一人が、こちらを横目で見た後に、クスクスと笑いながら何事かをささめきあった。

刹那——マイルの口元が、ニイ、と歪む。

それまでの爽やかな笑いとは全く別種の——カモを見つけた詐欺師が壁の陰で微笑むような、そんな鋭く陰湿な笑みを清楚な顔の上に貼り付けたのだ。

そして、跳躍。

一瞬、全ては一瞬。

ダン、と床で何かが爆ぜる。

しかしそれは生徒達の錯覚で、実際は何も爆発などしておらず——その音は単に、マイルがフローリングの床を思い切り蹴り上げた音だった。

虐めを行う、あるいは虐めを遠巻きに日和見する者達の間で、折原マイルは『見えない、存在しない』という設定だったのだが——その設定はただの0・05秒で吹き飛ばされる。

轟音に皆が振り返った時には、既に彼女の体は床を離れ、教室の後方に跳んでいた。

一足で背後の机に足をかけ、それを踏み台にして、一気に教室の後部にある小さなロッカーボックスの上に降り立ち、上に置かれていた一つのケースを手に体をぐるりと反転させる。

同時に、彼女は流れるような動作でロッカーの上を蹴り上げ——呆然とするクラスメイトの頭を越え、机を踏み、僅か数歩で教室を渡りきる。

砲弾の如き勢いで跳ぶ少女。

彼女は最後に一際大きく机を踏み込み——

そのまま、教室の前方にいた少女達のグループへと飛び込んだ。

♂♀

3日前　昼　新宿　某マンション

「そうだねえ。いじめとか起こらないといいけど……まあ、無理じゃないかな」

溜息を吐き出しながら、情報屋は最後にニヤリと笑って見せた。

「かわいそうに」

「笑い事じゃないでしょう?　一応家族なんでしょ」

不快そうに眉を顰める波江に、臨也はいやいやと首を振り——

「ああ、いやいや。違うよ、違うんだ」

クツクツと笑いながら、単純な誤解を訂正する。

「かわいそうなのは、クルリとマイルじゃなくて……その、虐めた奴らの方だよ」

「えッ？」

「あのね、言っただろう？　あいつらは俺に影響されて変になったって」

「例えば俺が……自分を虐めようとした奴を、ただで済ますと思う？」

♂♀

そして、時間は進んで入学3日目の朝。

凍りついた教室。

誰もが今し方の光景が理解できず、それぞれが目を震わせながら固まっている。

「あははッ。つーかーまーえーたーぞーっと！」

鬼ごっこをしている子供のような、マイルの無邪気な声。

しかし彼女の周囲の状況は、無邪気とはむしろ正反対の状態だった。

マイルが先刻教室の後ろから取ってきたのは、中身が満杯近くまで詰まった画鋲ケース。

片手でそれの蓋を器用に開きながら、高々とそれを振り上げる。

それまでに彼女が行った行動は実に単純だった。

彼女は自分を笑った女子のグループの中に飛び込み——

手近な一人をラリアットで押し倒し——

驚いて悲鳴を上げかけた少女の口に、手刀の形にした手の平を突き込む。

ただ、それだけだった。

見ていたクラスメイト達からすれば、一つ一つの行動がまるで活動写真のように捉えられた事だろう。

マイルは清楚な顔を赤く染め、興奮したように笑いながら倒れた少女の上に馬乗りになっていた。

一見するとエロスを感じさせる構図なのだが、少女の口に突き込まれた手刀と、反対側の手に握られた画鋲ケースが台無しにしている。

眼鏡の奥の瞳を輝かせながら、マイルは入学式の日の自己紹介と変わらぬ笑顔で問いかけた。

「3秒だけ時間あげるね！　主犯はだれ？　指さして？」

そう言うが早いか、彼女は押し倒したクラスメイトの口に蓋の開いた画鋲ケースを近づけていく。

「んーッッんんッ！　んあッ！　んんああえええええあ！」

何をされるのか解ったのだろう、押さえ込まれた少女は必死にもがくが——マイルは両膝で器用に彼女の両腕を押さえ込み、相手の行動を広く封じ込んでいる。

周りで見ていた少女達も、何が起こったのか理解できないという顔で呆けた顔をしたり、おろおろとして蠢いているだけだ。

「さーん」

余りにも手際よく行われた襲撃は、虐めの加害者であり、同時に暴力の被害者でもある少女から完全に思考力を奪いさる。

「にー」

主犯格の人間を売れば後に自分がどうなるか、冷静に考える暇などは存在しない。

そもそも、後に自分が目をつけられるのと、今ここで画鋲を喉に流し込まれる事を比べれば、冷静に考えた所で結果は同じだったかもしれないが。

「いーち」

僅かに画鋲ケースが傾けられ、ジャラリという音が下になった少女の耳に響く。

それが限界だった。

彼女は今し方まで机への落書きの結果について楽しげに話していた少女達の中で、一番背の高い少女を指さした。

「ぜー……とっと、ありがと」

何本かこぼれ落ちた画鋲を、相手の喉から抜いた手で器用に受け止める。

マイルは爽やかな笑顔で立ち上がり、恐怖で気絶しかけている少女が指さしているクラスメイトに振り返る。

と、その時には既に、主犯格だと示された少女は逃げ出ようと駆けだしている所だった。

「あーッ！　ダメ、ダメ！　逃げちゃダメだって！」

言うが早いか――彼女は左手で受け止めた数個の画鋲を振り上げ、バッティングマシーンのような勢いで投げ放つ。

カカッ、と、リズミカルな音が教室の中に響き渡る。

見ると――長身の少女が逃げだそうと手を伸ばした先のドアに、画鋲がいくつか突き刺さっていた。

これは別に非常識な事ではなく、器用に投げ放たれた画鋲はダーツのように壁に突き刺さる事はある。

だが、当然ながら画鋲を投げるという行為自体が非常識であり、人に向かって投げるなどもっての他であろう。

しかしながら、折原マイルは、淡々とその禁忌を破り、狙い澄ましたように主犯格が手を伸ばした先へと投げはなったのだ。

それに気付いた主犯格の少女は、恐怖のあまりその場で一瞬足を止めてしまう。

後手。

全てが後手。

先に動いた筈なのに、強制的に後手に回された主犯格の少女は——次の行動を考える事も、本能で動く事すら赦されず——その肩を、いつの間にか背後にいた『虐めの対象』にガシリと掴まれた。

「じゃ、ちょっとトイレでお話し合いしよっか！　私ね！　聞いて！　ねぇ！　私ね！　名前も解らない貴女とすっごくすっごく仲良くなりたくなっちゃった！　あはは！」

シックな顔立ちの上に無邪気な笑顔を浮かばせて、折原マイルは名前も知らぬ少女の顎を押さえたままずるずると廊下に引きずっていった。

が、一瞬だけ立ち止まり、自分の隣の席の男子に声をあげる。

「あ、ごめんごめん、後でお昼ごはん奢ってあげるから、机の落書き消しといて！」

声を掛けられた男子はビクリと体を震わせ、少年は何をしていいのか解らず、とりあえず消しゴムで油性マジックを消そうと試み——

それ以外の生徒は誰も動けず、教室の中にはただ机と消しゴムが擦れる音だけが響き続けた。

その直後に登校した、折原姉妹と同じ中学出身の少年は――マイルの机とクラスメイトの様子を見て事情を察したのか、溜息をつきながら呟いた。

「あー。やっぱりやったか」

固まっているクラスメイト達の中で、少年は淡々とマイルについて語り出す。

「あいつ、変な格闘技のジムに行ってるから、下手に手ぇ出さない方がいいよ。男数人で袋だたきにしようとした連中は、色々あってそのジムの連中に半殺しにされたらしいしね」

――その格闘技ってのは、画鋲を武器に使うのか？

誰もがそう尋ねたかったが、深く関わってはならないと判断したのだろうか、敢えて言葉にはせずに沈黙を守る事にした。

15分後。

HRが始まる直前、マイルは服を直しながら何事も無かったように教室に戻ったのだが――未だに彼女の机を拭き続けている男子生徒を見て、申し訳なさそうに頭を下げる。

「あー、ごめんごめん！　やっぱり油性だからなかなか落ちないよねー。私も手伝うよ！」

と、黒いセーラー服のポケットから何か布を取り出し、男子生徒と一緒に拭き始める。

「落ちないなー。油性だから水でもダメだろうし……カンナで削っちゃった方が早いかな？」

そんな事を言いながら笑う少女。

顔だけ見ていると、本当に清楚な文学少女だ。

だが、自分が見とれかけているという事に気付いた男子生徒は、慌てて視線を下に落とし、そこで奇妙な違和感を覚える。

彼女が机を拭いている布から、紐のようなものが伸びているではないか。

疑問には思ったが、結局少年は自分の手元に集中し、気付く事ができなかった。

それが――先刻トイレに連れ去られた女子生徒のブラジャーだという事に。


結局、マイルの机に落書きをした主犯の少女は教室に顔を出さず、鞄も持たずに早退してしまったそうだ。

トイレの個室で二人が一体どんな『話し合い』をしたのか――真実は当事者達以外知るよしもなく、また、誰も進んで知ろうとはしなかった。

クラスメイトの机に落書きをするという行為を黙認した生徒達が、より厄介そうな事態に首を突っ込む筈もない。ただそれだけの、単純な理由だった。

♂♀

そして、時間は更に進み、帰りのＨＲ。

1年Ｂ組で折原マイルが暴れた結果として――

話を聞きつけた少女同士の歪なネットワークは、代替のターゲットとして姉の折原クルリに目をつけた。

そして、落書きを見て青葉が一人思案にふける結果となっている。

彼女は何もしていない。

だが、マイルの姉というだけで虐めのターゲットとなってしまった。

クルリが憎いわけではなく、単にマイルへの当てつけとして。

――ま、どうでもいい話だ。

青葉はつまらなさそうに窓の外へと目を向け、ＨＲが始まるのを待ち続けた。

やがて教師がやって来て、簡単な連絡事項が済まされようとしたのだが――

教室内に律儀に目を配っていた担任の丸村は、クルリの机の惨状に気付き、問いかける。

「おい、どうした折原、その机は」

「……」

「念のため聞くが……自分で描いたわけじゃないんだな？」

そして、そこに描かれている内容を見て——顔をしかめながら相手の答えを待つ。

「……違います」

小声ではあったが、ハッキリと否定する体操着の少女。

丸村はそこで教室内を見渡し、告げる。

「……誰が落書きをしたのか、知ってるものはいるか」

——どうでもいい話だ。

そんな教師の声を聞きながら——うつむいたままのクルリを見ながら——青葉は、尚もそんな事を考えていた。

自分とこの虐めはなんの関わりも無いし、損も得も無いのだと。

——本当にどうでもいい。

そして、心の底からそう思っていたからこそ——

「月山さんが他のクラスの子と一緒に描いてました」

と、どうでもいいからこそ、教師に尋ねられた事実を何の問題も無く答える。

彼にとっては虐め云々など関係無く、単に、聞かれた事を答えるというだけだったのだから。

一方で、名前をあげられた月山という名の女子は、あからさまに狼狽する。

落書きをしているときに誰も止めるものはいなかった。

それが、こんな形で『裏切られる』とは思ってもいなかったのだ。

実際は裏切りも何も最初から同盟関係など無かった筈なのだが、彼女の側からすればそれはれっきとした裏切り行為であると言えよう。

「……月山、後で職員室に来い。その、他のクラスの奴も連れてだ。いいな」

厳しい調子の教師の声に、月山はギリ、と歯を噛みしめ、青葉に、

——お前も黙って見ていた癖に！

という意思の籠もった視線を突き刺してくるが、やはり彼からすればどうでもいい事だったので、さして気にもならなかった。

ただ一つ——

当のクルリ本人が、少しだけ驚いた顔をしてこちらを見つめていたのが、青葉にとって気になったと言えば気になった。

♂♀

放課後　昇降口

そんな事件のあった数時間後。

「明日の放課後か……楽しみだなあ」

青葉が部活見学を一頻り終えた頃、帝人からメールで明日の午後に池袋を案内してくれるという連絡が入った。

とりあえず今日の所は帰ろうか、そう思って昇降口に向かった所――

「ちょっとアンタ」

と、険のある声が青葉を呼び止める。

振り返ると、そこには数人の女子生徒が立っていた。

同じクラスの人間で、中心には先刻職員室に呼ばれていた月山がいる。

「何？」

首を傾げる少年に対し、月山は顔をしかめながら口を開いた。

「わかってんでしょ。アンタさぁ、どういうつもり」

「もしかして告白って奴？　でも困ったな。俺は君たち全員と付き合うなんて器用な真似はできそうに無いんだけど」

軽口を叩く青葉に、周囲の少女達は苛立ちを隠しもせずに言葉を紡ぐ。

「はあ？　バッカじゃないの？　アンタさー、マジで空気読めよ。ああいう時普通チクる？　正義の味方気取りでいい気分になったつもりかよ、ねえ？」

「いやあ、正義感でやってるんだったら、落書きしてた時点で止めるだろ？　何を不思議な事を言ってるの？」

「じゃあなんであそこでチクるんだよ！」

「だってねえ、口止めもされなかったし。正直な所を言うと、君と折原さんを天秤にかけたら、ほら、まだ顔とか行動でしか判断できないから——机に落書きする子よりも大人しめの体操着の巨乳の不思議ッ子の方を選ぶは自然の摂理っていうか……」

「つけんな！　この……」

少女達が青葉に詰め寄ろうとした瞬間——

月山が、最初に異変に気付く。

鼻の奥を起点として、急激に全身に警戒音が鳴り響いた。

何か、焦げ臭い。

「えッ……？」

——火事？

余りに急激な焦げの臭いに、少女は慌てて周囲を見渡すが——

「ちょっと、それ……」

火元に最初に気が付いたのは、彼女と相対していた青葉の方だった。

「へ？　……ぎゃあぁッ!?」

見ると、月山が肩から提げていた鞄の中から煙が漏れており、少女は絶叫をあげて自らの鞄を投げ捨てる。

途端に、鞄から炎が上がり、焼け破れた穴から勢いよく煙が立ち上り——

昇降口の天井に設置された火災報知機が発動し、校舎の中に非常ベルが鳴り響いた。

、

その後——青葉も含めてその場にいた者達が生徒指導室に呼ばれ、それぞれ個別に事情を聞かれる事となった。

青葉は自分が見た光景を正直にそのまま答えたのだが、何故か鞄の中の荷物を確認された。何故鞄の中身を見せる必要があったのか、発火原因はなんだったのか聞いたのだが——教師は最初答えるのを渋ったようだが、他言無用という事で事情を少しだけ口にする。

月山の鞄の発火原因は結局解らなかったのだが、その折に鞄を調べた所——栄養ドリンクの瓶に詰められた、シンナー溶液が数本見つかったのだそうだ。

しかも——その場にいた女子達全員の鞄の中から、同様にシンナー溶液の瓶が見つかったのだという。本人達は否定しているが、何しろ虐め行為で職員室に呼び出された直後だ。

「ったく、入学早々アンパン遊びたぁ……まあ、虐めなんかやる連中だからな、全く困ったもんだ。お前も、帰りのＨＲでの事で文句を言われてたんだろう？」

「そんな感じでした」

「ま、あいつらは停学の可能性も十分にあるが……、どんな逆恨みをするかも解らん。何かされそうになったらすぐに相談するんだぞ」

その後、一人だけあっさりと解放された青葉は、改めて下校しようとしたのだが――。

僅かに鞄の燃えかすが残っている昇降口の前に、少女が二人佇んでいた。

一人は体操着のまま鞄を持ったクルリで、もう一人は、彼女と対照的な格好をして――それでいて、眼鏡を除いて顔が全く同じ造形の少女だった。

「やっほー。こんにちは！　もうこんばんはかな？　ついでにいうと私と君は初めましてだね！　私、折原マイル！　クル姉の双子の妹！　よろしくね！」

姉とは対照的に、チャキチャキとしたしゃべり方をする眼鏡少女。

「えっと、は、初めまして」

――変わった双子だなあ。

そんな事を思いながら言葉を返した青葉に対し、マイルの陰に隠れるように立っていたクルリが、顔をうつむけながら呟いた。

「……謝」

「えッ？　……ああ、HRのあれ？　誤解だよ。お礼を言われるようなもんじゃないし、そもそも君の机に落書きされてるのを止めなかったんだから」

「知」

「へ？」

間の抜けた声を出す青葉に、マイルがカラカラと笑いながら補足する。

「あのねー、落書きされるとこ、クル姉廊下の陰からこっそり見てたんだよ？　それに、さっきのここでのやりとりもさー、実は私とクル姉、陰からこっそり見てたの！」

「ええッ!?」

唐突な覗き見宣言に驚きながら、青葉は静かに問いかける。

「でも……だったら尚更お礼を言われる事は無いんじゃや――」

「クル姉は、さっき貴方が月山って子よりもクル姉の方が可愛いって言ったのが嬉しいんだよ！　ほら、クル姉って文化系なのに常時体操服なんて、結構痛い感じでしょ？　だから男の子に素であいう事言われて嬉しがってるんだよ！」

「静」

クルリは妹を制すると、俯いたまま青葉へと一歩近づき――

同じぐらいの背丈の少年の前で、一言だけ紡ぐ。

「恩」

そして、顔を上げると同時に身を乗り出し、**青葉の唇に自らのそれを重ね合わせ**る。

――ッ!?

一瞬何が起こったのか解らない青葉は、頭の中を真っ白にし――

クルリが顔を赤くしながらトテテトと下がるのを、ただ呆然と見送っていた。

だが、更に彼を混乱させる事態が襲う。

後ろに下がったクルリと入れ替わるように前に出たマイルが、姉とは対象的に、青葉の体をガシリと自分の方に抱き寄せながら力強くキスをした。

――!? ――!? !? !?

童顔の青葉と相まって、態度だけ見れば男女が逆転したようにも見える。

色がつき始めた脳内を再び真っ白にさせられた青葉は、目を丸くして彼女の顔を見ているのだが――唇を離したマイルは、顔色一つ変えずにケロリと言葉を紡ぎ出す。

「やったぁ！　クル姉と間接キッスだ！　へへー！」

彼女は何事も無かったかのように青葉から離れ、変わらぬ調子で語り続けた。

「ごめんねー。彼女でもない子にこんなことされたらビックリするだろうけど、ほら、クル姉って大人しそうに見えて実は私よりもずっと積極的だから！」

「……否」

姉の声を無視し、妹は青葉に再び近寄り、ヒヒヒと笑いながら長い長い耳打ちをする。

「あ、でも、もしも君がこの先クル姉を好きになったとしても、独り占めしちゃダメだよ！

クル姉は私のものでもあるんだからね！　あと、私は男は羽島幽平さんが相手だって決めてるから！　っていうか、クル姉も羽島幽平さんの大ファンなんだから、今のキス以上のものは望めないかもねー！　アハハッ！」

「羽島幽平って……アイドルじゃん」

「そだよ？　それがどうかした？」

「いや、いい……えと……え？　俺、どうすればいいの、これ」

恋愛ゲームのフラグ的状況というには、余りにも頭のおかしい事態に混乱する青葉だったが

——彼はとりあえず呼吸を落ち着けると、敢えて全く今のキスとは関係の無い質問をした。

「ええと……。そうだ、もしかしてさ、あの子達……ほら、月山さん達の鞄の中に何か入れた？

その……色々と」

物凄く核心をつく問いかけに——付き合ってもいない、会って3日目の男に接吻をした少女は、消え入るような声で答えを返す。

「……秘」

と、最後に少しだけ微笑みながら。

二人が去った後、青葉は暫く昇降口の下駄箱に寄りかかっていたのだが——

やがて思いついたように、携帯電話で知り合いの番号を呼び出した。

「ああ、もしもし？　俺だけど……」

「どうやら俺、出来の悪いポルノ映画の主人公になったらしいぞ？」

「なあ、突然双子(ふたご)の女の子から、二人それぞれにいきなりキスされたって言ったら信じるか？」

「え？　ああ、可愛(かわい)い。変なとこはあるけど、顔とかはかなり、ええと、可愛い」

「殺すって何だよ。いや、俺はこういう時って喜ぶべきなのかドン引きするべきなのか、モテない立場のお前に聞こうと……いや、御免(ごめん)、俺が悪かったから。電話口(ぐち)で硝子(ガラス)ひっかくのはやめ……うあああああッ。やーめー！」

♂♀

同日　夜　池袋(いけぶくろ)市内

「いないねー、クル姉。あのグライダー、こっちの方に飛んできたと思ったんだけどねえ。あーもう。見たい見たい見ーたーいーーッ！」

夕方に初対面の男とあっさりキスをしたマイルは、そんな事はケロリと忘れたという調子で声を上げている。二人とも私服に着替えており、やはりどこかずれたデザインは、昼とは違った印象を醸し出している。

「……」

一方のクルリは、無言のまま冷静に周りを見渡している。

彼女達は学校から家に帰った後、テレビで見た黒バイクの生中継に飛びつき、そのまま夜の街へと繰り出したのだ。

繁華街の方は未だに人通りが多いが、平日というのも相まって、少し裏手に入った途端に人の気配が見られなくなる。

そんな寂しげな通りを歩きながら、マイルは姉に向かって不思議そうに尋ねかける。

「ところでさ、なんでこっちに来てんの？　どうせならもっと大通りの方から捜さない？」

クルリは妹の声に耳を貸さず、静かに周囲を見つめ続け——やがて、ある路上駐車された車に目を向け、そこに向かってまっすぐに歩み寄る。

「此……」

言うが早いか、クルリは即座に身をかがめ、その車の下に手を伸ばす。

「わあ、何やってるのクル姉ねえ！　十円玉でも見つけた？　やった！　あとで私にうまい棒でも奢おごってよ！　私、メンタイ味がいい！」

ケラケラと笑いながら姉をからかうマイルだったが——

姉はゆっくりと起き上がると、車の下に落ちていた物を手に取った。

「？　なあにそれ」

不思議ふしぎそうに尋たずねるマイルに対し、姉は、今度は無視せずに言葉を返す。

「先さつき……映テレビで……化黒バイクが……落おとしてた……」

「え？　うそ、なんか落としてたの？　全然気付かなかった！」

驚いたように言うマイルは、興味深きょうみぶかげに姉が拾い上げた物に目を向けた。

そして——


「なんだろね、こ、、、この封筒」


『セルティ・ストゥルルソン様へ』と日本語で書かれた茶封筒ちゃぶうとう。

意外いがいにずっしりとしており、中に何か紙の塊かたまりが入っているような感触かんしょくだ。

その感触の正体を、クルリは半分はんぶん以上予測よそくしながら蓋ふたを開き——

中身を確認かくにんすると同時に、目を丸くして周囲に視線を巡らせる。

「どしたの？　クル姉」

そして、妹もその封筒の中を覗こうとした瞬間――

二人の視界の隅に蠢くものが映り、勢いよくそちらに顔を振り向かせた。

夜中の池袋。

人通りの無い裏通りの中――

無人の闇に迷い込んだ少女達を押さえるように、その化け物は立っていた。

背が高く、肌は異常に青白い。

ゆらゆらと、ただ目的も無く彷徨っているように見える。

しかし――鼻を始めとして顔面が歪に歪み、目と耳と鼻と口から真っ赤な血を垂れ流し、ゾンビのような足取りでこちらに向かって近づいてくる。

「擬……」

「下がってて、クル姉」

相手がただ者ではないと判断したのだろう。

マイルは姉を守るように前に回り――その、見るからに危険な人影の前に立ちふさがる。

そして、後数十センチでマイルの後ろ回し蹴りの射程範囲になろうかという瞬間――

血みどろの男はバタリと倒れ、何事かをブツブツと呟いていた。

「……？　なんだろ、この人。救急車呼んだ方がいいのかな？」

そう呟いた瞬間——

男はゆっくりと顔を上げ、震えるような声で日本語を吐き出した。

「病院、ちょっと……まずい……です……。お嬢さん……。このあたりに……がぶッ」

「……健？」

血の混じった咳を吐き出した男は、静かに体を仰向けに戻しながら、今にも消え入りそうな声で呟いた。

「すいません……ダメかもしれませんが、死ぬ前に……一つやっておきたい……事が……」

「なになに？　珍しいから言うこと聞いてあげるよ？」

「このあたりで……ロシア人が経営してる……寿司屋を……ご存じないですかね……？」

♂♀

10分後　池袋　サンシャイン60階通り
ディスカウントショップでアタッシュケースを買い終えた静雄が、夜の街を堂々と歩く。

「にしても、さっきの強盗はなんだったんでしょうね、トムさん」

「俺に聞かれてもなぁー」

ダラダラとした調子で答える静雄の上司は、先刻の事を考えながら一言告げる。

「まあ、後で戻ってみるか。あの白人の兄ちゃんが死んでてもコトだしよ」

「奴は強盗する事によって俺らを餓死させようとしたんすよ？　殺される覚悟もしてた筈です」

「時々物凄くアグレッシブな事言うよな、お前……」

冷や汗を掻きながらも、それ以上のツッコミは自分に被害が来かねないと判断し、トムは溜息を吐きながら次の取り立て場所を確認し始めた。

静雄はキレていない時は物静かな男なのだが、現在はその中間といった所だ。

恐らく、先刻の理不尽な強盗劇（？）への怒りが収まっていないのだろう。

静雄達はそのまま次の取り立て現場に向かう前に、どこかで軽くメシを食っていくかと適当な店を探していたのだが——

「シーズーオさんッ！」

という軽快な叫びが聞こえ——静雄の背中に、女の子が一人飛びついてきた。

「……」

困っているのか苦笑しているのか、なんとも言えぬ微妙な表情を見せた静雄は——

そのまま背中に手を回し、猫のようにヒョイと相手の襟首を持ち上げる。

「あややや、のびちゃうのびちゃう。服がのびちゃうよ静雄さん！」

「マイル……こんな夜中に何してんだ？　お前……」

そのまま相手の体を自分の前にぶら下げ、少女の正体が自分が最も嫌う男の妹であると確認した。

「静雄さんに会いに！」

「どうせ幽が目当てだろうが……」

「うん！　だけど、静雄さんの事も大好きだよ？　だって強いもん！」

「……まあいいや。幽のスケジュールは俺にも押さえられねえ。最近売れっ子らしいからな」

静雄はやれやれと溜息をつくと、そのままマイルを地面に降ろす。

見ると、少し離れた所にはクルリの姿も見え、こちらに向かってぺこりと頭を下げていた。

「……一瞬、お前がキレるんじゃねえかって冷や冷やしたよ。マジで」

顔面を僅かに引きつらせて笑うトムに対し、静雄は頭を掻きながら答える。

「……まあ、基本的に素直な奴相手にキレる事は少ないですよ、俺は」

平和島静雄が嫌うのは、理屈をこねくり回して相手の感情を引っかき回そうという人間だ。

その筆頭である男が折原臨也なのだが、その妹達は狂ってはいるが割と素直なのでキレる事は少なかった。

無論、全くゼロという事も無いのだが——それでもこうして慕ってくる二人に対し、静雄は

WAN WAN WAN

明確な敵意は持っていない。

ただし、彼女達を見ているとその兄の姿を思い出して幾分イライラはするのだが。

「とりあえず、お前らの兄貴がダンプに笑いながら突っ込んで死んだら弟を紹介してやらなくもない。つーか今日はなんかムシャクシャするから、臨也の奴でも殴り殺しにいくか」

「イザ兄で良ければどうぞどうぞ！」

あっさりと兄を売るマイルの言葉に、静雄は再度溜息をつく。

横にいたトムは『こいつが普通の溜息をつくのなんて珍しいな』と思ったのだが、やぶ蛇にならないように敢えて言葉にはしなかった。

「あ、そうそう、本当はもっとお話ししたいんだけど、ちょっと静雄さんに聞きたい事があって声をかけたの！」

「あん？」

「あのねあのね、前にイザ兄に連れてきて貰ったんだけど、このへんにロシアの人がやってるお寿司屋さんってあるの知ってる？　道が解らなくなっちゃって……！」

「なんだぁ？　サイモンのとこか？　あとアイツの事はイザ兄じゃなくてノミ蟲って呼べ」

妙な事を聞くと思いながら、静雄は丁寧にそこまでの道（といっても、角を一つ曲がるだけなのだが）を説明する。

その間、トムはもう一人の方の少女がおどおどしているのを見て『静雄と気の弱そうな女子高生……似合わねえのか逆に似合ってんのか、よくわかんねえなあ』等と考えていたのだが――

その手に持ってる封筒を見て、ギョっと目を丸くする。

蓋が開いた茶封筒の中から見えていたのは、百枚前後はあろうかという福沢諭吉の束だった。

トムは周囲を見回しながら彼女にそっと近づくと、声を潜めて呟いた。

「おい、そんなもん封筒のまま持ち歩くもんじゃねえよ」

「ッ……」

トムは慌てて封筒の蓋を閉める少女に、今しがたディスカウントショップで時計を買った際についてきた紙袋を渡す。

「とりあえず無いよりやましだ。落とさねえようにもっとけ」

「謝……御」

「いーって。どうせ捨てるとこ捜してたとこなんだからよ」

丁度その頃に道の説明が終わったのか、マイルがやってきてクルリの手を取り、そのまま引きずるように駆けだした。

「それじゃーありがとね、静雄さん！」

「再……。……幽……願」

去っていく二人を見送った後――トムは溜息を吐きながら考える。

――まだ来良の一年か二年だろうに……あんな大金を……。

——あれだけ稼ぐのに、どれだけ自分を犠牲にしたんだか……。

暫し考えこんだ後、静雄に対してポツリと一言呟いた。

「最近のガキは性が乱れてるっつーけどよお……金ってのは本当に怖ぇーよな」

「？」

「まあ……俺らもテレクラの取り立てだからあんま偉そうな事は言えねえけどな……」

何か大きな勘違いをしたまま、少女達を哀れむようにウンウンと頷くトム。

そんな上司を見ながら、静雄は先刻マイルと出会った事もあって、なんとなく弟の事を思い出していた。

——そういやあいつ、今日は池袋でロケとか言ってやがったな。

——同じ街に住んでんだから、たまにゃー連絡寄越せばいいのによお。

チャットルーム

田中太郎【ともあれ、私も明日は池袋の街を色々案内したりされたりするんです】
田中太郎【私もまだまだ街については素人ですから、こちらこそ宜しくお願いします】
狂【それは偶然ですね。私達も明日は池袋の街を散策する予定に御座います。もしかしたら町中ですれ違ったり殴り合ったりするかもしれませんね】
参【殴るの？】
田中太郎【お手柔らかにお願いしますよw】
狂【今晩出かけた先も中々素敵でした。露西亜寿司というお寿司屋さんを御存知でしょうか？　あそこのお店は中々に面白い所です】
参【美味しい】
田中太郎【ああ！　知ってますよ！　露西亜寿司！　サイモンさんのいるところですよね！】
バキュラ【店員さんがおっかないっすけどね】
狂【あら、それはそれは……もしかしたら、私達って既に街の中で一度ぐらい出会っているのかもしれませんね。露西亜寿司の傍などで】
参【すれ違い】
田中太郎【あー、あそこの傍にあるボーリング場にはよく行きますよ】

バキュラ【俺はそこの三階台湾料理屋とか、二階のゲーセンとかよく使ってましたね】
罪歌【みなさん　やっぱりくわしいんですね】
田中太郎【まあ、なんだかんだで一番詳しいのは甘楽さんでしょうけどね】

甘楽さんが入室されました

甘楽【やっほー、みんなー】
甘楽【っていうか、新しい人がいますね】
田中太郎【こんばんわー】
狂【ああ、お久しぶりです甘楽さん。まさか現実よりも先にこうして電脳の世界で再会を果たす事になろうとは！　ネットというのは人と人との距離を離しもするし近づけもする……まこと未来的なツールであるかと存じます】
参【ひさしぶり】
バキュラ【ばんわー】
甘楽【えーと、……ちょっと待って下さい】

内緒モード　甘楽【クルリ、マイル、お前らだろ】
内緒モード　甘楽【お前ら、どうやってここのアドレス調べた！】
内緒モード　狂【波江さんが懇切丁寧に教えて下さいましたわ、臨也お兄様？】
内緒モード　甘楽【……もう接触までしてたのか……】
内緒モード　甘楽【いいからお前ら、今日の所は帰れ】
内緒モード　甘楽【あとで色々と教えておかなきゃいけない事があるから】
内緒モード　狂【解りましたわお兄様。現実で声を聞く事を楽しみにしております】

参【はい、帰ります】
田中太郎【？】

内緒モード　甘楽【内緒モードを使え！　いや、もういいから帰れお前ら！】
狂【ちょっと甘楽さんが私達の事なんか嫌いだと言うので、もう帰ります】
甘楽【ちょっとちょっと、冗談きついですよー☆】
狂【次に会う時は甘楽さんが機嫌を直して下さっている事をお祈りしますわ】
罪歌【けんかは　よくないです】

参【ごめんなさい】
甘楽【ああッ！　冗談ですってばぁ！　そんな気にしないで下さいッ！】
狂【それでは、皆さまごきげんよう】
参【ばいびー】
田中太郎【あ、おやすみなさいませー】

狂さんが退室されました
参さんが退室されました

バキュラ【おやすみなさーい。ていうか参さん、最後だけ何故ばいびーw】
罪歌【おやすみなさい】
甘楽【ざーてとーッ！　じゃ、気を取り直して始めましょッか！】
田中太郎【あの、結局今のって、誰だったんですか？】
甘楽【気にしたら死にます！】
田中太郎【死ぬの!?】
甘楽【まあいいですから！　ええと、それじゃ……】
甘楽【どーもー、甘楽ちゃんでーっす！】

田中太郎【どうもです】
バキュラ【ういす】
罪歌【こんばんわ。きょうも、よろしく、おねがいします】
甘楽【はいはーい☆　みんな、この新しいチャット慣れましたー？】
田中太郎【ええ、発言が色違いになって誰が誰か解りやすくなりましたね】
バキュラ【確かに、】
バキュラ【これでより鮮明に甘楽さんを袋叩きにできるわけっすね】
甘楽【鮮明に!?　やだ、私なにされちゃうんですか!?】
バキュラ【袋叩きと無視を延々と繰り返します】

・・・・

翌日　昼　池袋某所

良く晴れた正午過ぎ。町中には、まばらに来良学園の制服が見え隠れしている。
二、三年の生徒よりも早く日程を終えた一年生の生徒達のみが集まっている状況だ。
そんな中——クルリとマイルの姉妹は、サンシャインシティの側の道を歩いている。

何か目的を持って歩いているようだったが——どういうわけか、マイルの足取りが重い。

まるで両足から地面に根でも張っているかのような歩みで、顔も現在だけはクルリよりも暗い表情となっていた。

「……活……」

「うう……ごめん、ごめんよー、クル姉……。でも、本当にショックだよう……」

マイルが手にしているものはスポーツ新聞。

一面には、『羽島幽平&聖辺ルリ、深夜の熱愛デート!?』と描かれており、そこに記されているのはマイルの愛する羽島幽平が、同じくトップアイドルの聖辺ルリと密会をしていたという内容のものだった。

「幽平さんがぁ……幽平さんが他人のものになっちゃうよう……ああ、ここの名前がルリじゃなくてクルリだったら、まだ我慢できるのにぃ。むしろ嬉しいのにぃ！　なんでなんで！　こんなんじゃ私の心は張り裂けちゃうよ！　この悲しみの大きさはグラハム数レベルだよ！」

ちなみにグラハム数というのは、ギネス記録を持つ『意味のある』世界最大の自然数の事であり、少し知ろうとするだけで数学の知識が無い物は頭が痛くなる程の数だ。

それを理解しているのかどうかは解らないが、姉は妹のショックだけは受け止めたようだ。

歩道の真ん中で歩みを止めると、クルリはグルリと振り返り、自らの唇をもってして妹の唇を強く塞ぐ。

「ん……ッ」

突然の事に、昨日の青葉と同じように目を丸くするマイル。

道の真ん中で抱き合ってキスをする女子高生が二人。

なんともフシダラでマニアックな光景であり、『若姫倶楽部』の記者が居たら涙を呑んで写真を撮り始めていただろう。

マイルは突然の姉の行動に驚きはしたが、すぐに恍惚とした表情を浮かべ、姉の体を抱きしめ返した。

すると、それを合図としたようにクルリは唇を剝がし、妹に対してニッコリと微笑みながら一言呟く。

「活？」

「うん！　すっごく元気でた！　やっぱり女の子の唇って柔らかくて最高だよね！　クル姉のだと尚更だよ！　ヤッホーって叫んでいい？　ヤッホー！　そーれ、もう一回！　もう一回！」

興奮して全身を震わせながら足を踏みならす妹を見て、姉はすぐに笑顔を消して――

「恐」

「ええッ!?　ひっど！　超鬼ヒドイよクル姉！　たった今私と愛を確かめ合ったばかりなのに！　しかも自分から女の子に、しかも実の妹にキスしておいて気持ち悪いって！　何それ！　誘い攻め!?　誘っておいて攻めるの!?　なにそれ！　ええと……例えるならそう！　クル姉はロード○ンナーで私はワイ●ーコヨーテ!?」

わけのわからない例え話をする妹に、クルリは困ったように溜息を吐き――うつむき加減にに隠して、そっともう一度微笑んだ。

ところが――

「はいはーい。ちょおっと君たちー。昼間っから見せつけてくれんじゃーん」
「ていうか真っ昼間っから女の子同士でキスって超アグレッシブじゃね？」
「アグレッ渋くね？　キモくね」

「超ウケんだけど、お兄さん達にも分けてよ」

「女同士ってどうなの？　嚙み合わないじゃん。男にもてないからそんなことやってんの？」

「俺らが相手してやってもいいよー」

「代わりに、黒バイクの居場所を教えてくれたらねぇー」

どこから二人の事を見ていたのか、女同士のキスという目立つ行動をしていたクルリ達に目をつけ、近づいてきたのは——

縞模様の特攻服を纏った、暴走族と思しき集団だった。

そして——

彼女達もまた、池袋という街の休日に巻き込まれる結果となった。

4章 chapter004

大衆GAO 特集記事『発覚！ 羽島幽平、深夜の初熱デート!?』

東中野某所　笑顔喫茶『Ｒｏｏｔｓ』

東中野の駅から程近い場所にあるショットバー。

様々な種類の酒瓶が並び、いい意味で手作り感のある内装で纏められている。

店の中には若者が多く、それぞれが陽気な雰囲気を作り出し、その喧噪自体がひとつのＢＧＭとなっていた。

そんな空気の中――一番奥のテーブルに向かい合って座る男が二人。

一人はそわそわしながら周囲を見回し、もう一人は、全くの無表情でノンアルコールカクテルを飲んでいる。

無表情の男は氷のような目つきをしたままグラスを空けると、マスターに向かってやはり無表情のまま同じカクテルを頼む。

そして、目の前に座る年上と思しき男に対してやはり無表情のまま尋ねかける。

「金本さんは、飲まないんですか？」

「まだこの後、本社に戻って仕事がありますので」

一方、金本と呼ばれた男は、年下の青年に対して柔らかい敬語を使う。

青年の方は、まだ少年――あるいは女性と言っても通じるような艶やかな顔をしていた。眉目秀麗や明眸皓歯と言った言葉がよく似合う男で、まさに「美人」という言葉を具現化させるような存在だった。

絹糸のような一本一本が無数に合わさり、水流のような滑らかさを生み出している髪の毛は、男なれども緑の黒髪と呼ぶに相応しい。

一見すると、少女漫画の中から抜け出してきたとしか思えないその男だが――彼は、どこかしら冷たい雰囲気を全身に纏っており、周囲に近寄り難い空気を醸し出していた。

やがて、テーブルには注文していたパスタが届き、青年は無表情のまま向かいに座る男に声をかける。

「金本さん、どうぞ」

「え、ええ。幽平さんからどうぞ」

年下の青年に対して『さん』付けで呼ぶ男の声に、幽平と呼ばれた青年はフォークを無言で手に取った。

腰の有りそうなパスタに、濃厚なクリームソースと香ばしく焼かれたベーコンをまぶしたカルボナーラ。青年は慣れた手つきでパスタをフォークに絡ませ、丁度ゴルフボール大の玉になった所で口へと運ぶ。

音もなく、それでいて丁寧にパスタを噛み砕き——彫像めいた無表情のままで、一言。

「……美味しいですよね、ここのカルボナーラ」

言われた方は、ガクリと肩を落としながら、溜息混じりに自らの皿に手を伸ばす。

「幽平さんの表情を見てると本当かどうか今ひとつ解らないんですよねえ……。……。ああ、なんだ、本当に美味しいじゃないですか」

マネージャーはそのままパスタをがっつき始め、美味そうに食べながらも愚痴を零し続けた。

「それにしても、ここって会社の目の前じゃないですか。もっとこう……キャバクラとかそういう場所で打ち合わせとかしてもいいんですよ？　うちが持ちますから。なんでここに？」

「近いですから」

「ああ、そうですか……。……その、キャバクラとか興味無いんですか？」

「考えた事が無いのでなんとも。機会があれば考察してみます」

淡々と答える青年を前に、金本は溜息をつき、簡単に事務連絡だけを済ませる事にする。

「ええと、それじゃ、その……明日の予定は解ってますか？」

「6時半から池袋のホテルでインタビューの収録、私はそのまま直帰です」

「……はい、その通りです」

そこで、再び会話が途切れる。

青年は何も喋らないというわけではないのだが、とにかく表に出す感情の色が薄い。

それ故、金本という男からしても、今の話を続けていいのかどうか、相手が不快に思っているのかどうかも理解できない状態なのだ。

「……」

「美味しいですね」

「……いや、もう食べ終わってるので……。ともあれ、明日の収録は映画の宣伝に関するインタビューですから、宜しくお願いしますね」

「はい」

コクリと頷き、あとはカラクリ仕掛けのように淡々と食事を続ける幽平。

そんな『仕事相手』を見て、芸能マネージャーである金本は、淡々と考える。

――……卯月君に頼まれたから引き受けたものの……。

――これ、俺が嫌われてるわけじゃないんだよな？

「あ、あの……それじゃ、その、これから三日間、宜しくお願いします。すいませんどうも、卯月が新婚旅行の間だけですけど……」

「ええ、宜しくお願いします」

やはり機械のような冷たい表情で礼をする青年に、金本も改めて頭を下げる。

間違っても、相手に対して失礼な態度を取ってはならない。

目の前にいる美貌の青年は──自分の会社に数億、場合によっては数十億という金を転がしてくる『ドル箱』なのだから。

♂♀

インターネット百科事典『文車妖妃』より
『羽島幽平』の項より一部抜粋

羽島幽平──俳優兼モデル業。東京都豊島区生まれ。

生年月日については『ジャックランタン・ジャパン』の社長であるマックス・サンドシェルトが『彼は3258年生まれのサイボーグだ』『彼は1000年以上の昔から生きる吸血鬼だ』『古代アトランティス大陸から転生せずに生き続けている光の戦士だ』などとデタラメな証言を振りまいているので不明。成人式に出席していた時期から計算して、実際は21歳前後と思われる。

本名は平和島幽。所属芸能事務所は前述の『ジャックランタン・ジャパン』。

家族構成は両親と兄が一人。兄の事を尊敬しているようで、インタビューなどでよくその存在を口にする。兄についての詳細は不明。家族に対してしつこい取材を行った記者の車が突然横転するなど不可解な事件が起こったという記録もあるが、関連性は定かではない。

ただ、彼の兄は相当に恐ろしい人物らしく、声を掛けたスカウトの男が半殺しにされ、それを助けた事がデビューのきっかけとされる。

いくつかの雑誌モデルの経験の後、デビュー作のVシネマ『吸血忍者カーミラ才蔵』で主役のカーミラ才蔵を演じる。その美麗な顔立ちと素人上がりとは思えない怪演が一部で人気を呼び、ネットなどで徐々にその名前を広めていった。

その翌年、大王テレビの看板番組『銭ゲーマー』内の企画、『100万円のお金を元に、一ケ月でどこまで増やせるか！』という企画で、様々な手練手管を使って資金を12億円まで増やし、番組の放映前に全国ニュースとして取り上げられるというハプニングを起こした。

利益をプラスにした場合の取り分はそのまま本人の賞金になるというルールから、彼は一ケ月で11億9900万円稼いだラッキーボーイとして世間に認知された。

単なる成金美青年という評価が一変したのは、その後に連続で出たドラマなどでの演技力だった。どのようなタイプの役もそつなくこなし、容姿も相まって一気にスターダムにまでのし上がった。

演技のみならず歌や運動も得意であり、劇中で歌手の役から殺し屋の役、女装やベッドシーンまで手広くこなす芸達者な俳優でもある。

しかしながら、演技の時以外は全くと言っていいほどに感情を消し、ロボットのように無表情のまま淡々とした会話しかしなくなる。

その為にトーク番組などでは不向きな存在なのだが、そこがクールで良いというファンも多く、彼は自然とそうした無表情キャラクターを通している。本人曰く『子供の頃はよく泣いたり笑ったりしていましたが、感情の波が激しすぎる兄貴を反面教師にしてきた結果です。ですが、私はそんな兄を尊敬しています』と語っている。

ヤラセ無しのドッキリ企画において、ヤクザに絡まれて小指を詰めろと凄まれたシーンで、彼は全く怖がらず、さりとて反抗するわけでもなく、あっさりと包丁で自分の指を切りとばしそうになった為に、慌ててスタッフが出てきて止めたという逸話がある。

また、休日に来たストーカーからの無言電話に対し、自らも無言のまま20時間過ごし、相手にストーカー行為を止めさせたという逸話もある（無言のプレッシャーに逆に耐えきれなくなったストーカーが心を壊して自首した事から判明）。

そうした機械のような性格は人をあまり寄せ付けず、芸能界での交友関係はほとんど無い。そのため私生活は謎に包まれており、家の内部が撮影された事もない。

愛車は複数台あるが、主に海外のスポーツカーや、光岡自動車の『ラ・セード』や『ガリュー』といった高級感のある個性的な車を好み、最近は同社のスポーツカーである『オロチ』が欲しいとテレビのインタビューで答えている。

値段の大小に関わらずに自分の感性で物を買う為に、100円ショップで買ったアクセサリーと百万円を超える高級アクセサリーを同時に身につけたりする事もあり、本人はそれに特に疑問を感じていないと言われている。(※要出典)

あまりにも普通に『なんでもこなす』事から、ネットでは『黒歴史編纂室長』と呼ばれている。由来は、『中学生が考えたような、成長した後で見返すと恥ずかしい黒歴史キャラぐらいにパーフェクトな設定だから』と言われている。

それを知った事務所の社長が、『ならばもっと完璧にせねば』と言って天使の羽と悪魔の角、更にカラーコンタクトでオッドアイにした状態でポスターを作成。更にマニア系の雑誌に話をつけて表紙にさせたりしたのだが、これが異常に似合っていた為により多くのファンを獲得し、何故かそのポスターは海外でも人気を博す。

ちなみにこの件に関しても全くの無表情を貫き通した彼だが、「無表情のフリして凄く怒ってるんじゃないだろうか」という噂を恐れたマックスが、二週間アメリカに帰ったという逸話もあり、彼の氷のような無表情の不気味さをよく表したエピソードだと言える。

そうして財産も名声も手に入れた後、誰もが幽平にとって黒歴史だと考えていた『吸血忍者カーミラ才蔵』の続編のオファーがあり、これをあっさりと引き受けて業界を震撼させる。

とある芸能雑誌の『仕事を選ばない俳優』第三位に選ばれた際のインタビューにて本人は「カーミラ才蔵は尊敬すべきキャラクターです。彼は本当の愛を知っている素晴らしい忍者です」と、やはり全くの無表情で答え、その真意が解らず周囲を混乱させた。

今年の春からハリウッドの映画監督、ジョン・ドロックスが日本で撮影する意欲作『クルーザーフィールド』の主演を務める事も決定しており、海外でも一定の評価を得ている。

♂♀

そんなハリウッドに進出するトップスターなだけに、臨時マネージャーとなった金本は胃をキリキリと痛ませていた。

本来は卯月というデビュー当時からのマネージャーがいるのだが、今回新婚旅行にいくとなって3日間だけマネージャーの交代を頼まれたのだ。

――まさか、本当にこんなロボットみたいな性格してるなんてなあ。

金本からすれば、幽平の鉄仮面はテレビ用の演技のようなものだと思っていた。

ドラマなどで誰かを演じている時の自然な喜怒哀楽を見ていれば、寧ろ今の無表情の方が偽物の顔だと考えるのは普通の事だろう。

しかし、目の前の青年は普通ではなかった。

「それじゃ、私はこれで失礼します」

夕食後――店を出て、『ジャックランタン・ジャパン』の本社ビルの前にまで戻ってきた幽平は、そこから自分の愛車に乗り込んだ。

今日の車はフェラーリだ。

金本にはその細かい車種までは解らなかったが、赤い色と独特のフォルム、馬のエンブレムでそれがフェラーリであると理解する。

助手席には、夕方に買ったらしいコンビニの袋があり、夜食用だろうか、中にはコンビニ弁当の牛丼が入っているのが見えた。

――高級車八台持ってる奴がコンビニの牛丼買ってるのかよ。

内心で呆れるように溜息を吐きながら、金本は仙人でも見るような目つきで、年下の青年を会社から送り出した。

羽島幽平は、事務所にとっては宝石であり、磨けば磨く程に輝きを増すタイプだ。

だからこそ、傷をつけてはならないという想いが金本の身に染みこんでいる。

幽平自身は自分の価値に無頓着ではあるが、なんでもそつなくこなす故に、自分の身も自分で守れる人間だ。

金本はそれは理解しつつも、やはり自分が預かっている間に宝石が壊れてしまったらというプレッシャーを感じ——自分より一足先に結婚した同僚を、色々な意味で恨めしく思い続ける。


だが、彼にとって不幸な事に——

その翌日、宝石は——池袋の休日に巻き込まれる事となった。

♂♀

闇の中

人生というものを、全て映画やドラマや小説や寓話になぞらえる事ができたとしよう。

だとするならば、自分の人生はいったいどんなB級映画なのだろうか。

周りに何も見えない状況の中で、『彼女』は静かに考える。

始まりはどこだっただろうか。

グニャリ、と、時間そのものがねじ曲げられたかのような感覚。彼女は必死に理性を保ちながら、曖昧な記憶の海を手探りで進む。

——ああ、そうだ。

——あれは、子供の頃——

——子供の頃の憧れだった。

テレビ画面の中で縦横無尽に暴れ回り、高層ビルや東京タワーをなぎ倒す巨大な獣。

獣というよりも、人と爬虫類と、この世に存在してはいけない何か。それらが混じり合い、恐怖と畏怖を同時に併せ持った造形のモンスターが、何者に媚びる事もなく、何に言い訳するでもなく、ただ、蹂躙する。

そんな映画の中の怪獣に、彼女は憧れに近い感情を抱く。

何故、そうも強く惹き付けられたのか——それは、当時の彼女では幼すぎて上手く言葉にする事ができなかった。

しかし、今ならば解る。

彼女は幼いながらに気付いていたからだ。

自分は、決してああなる事はできないと。

無論、体長100メートルを超える怪獣になる等は誰にもできないだろう。

しかし、そういう意味ではなく――

あそこまで何にも縛られる事なく、自分の赴くままに、誰の顔色も窺わずに生きていく事ができる存在に憧れたのだ。

例えそれが――『破壊』という行為であったとしても。

そして、彼女は無意識のうちに確信していた。

自分は無法者にもなれないだろうし、正しい方向だとしても――本当の自分をさらけ出す事はできないのだろうと。

彼女の家は、近隣でも有数の富豪だった。

名家だ何やらと呼ばれていたが――結局の所、彼女は常にその『家』という仮面を被って、『血筋』という演技を続けていかなければならなかった。彼女の両親や一族、周囲の人々は、決してそれを口に出したわけではなかったが、彼女が生まれる前からそこに流れていた空気が、彼女の本能に強い圧力をかけ続けていたのだ。

名家と行っても、政財界等にコネがあるわけでも、どこかに圧力をかけられるわけでもない。

ただ、何代か前の人間がたまたま金を稼いだだけの一族。

だからこそ、自分達が『名家』であるという事にして、その『名家らしい振る舞い』という行動だけで自分達のプライドを保ち続けて来たのだろう。

もっとも、その家も今は存在しない。

彼女の祖父が事業に失敗、その負けを取り戻そうとした父が先物取引に手を出し大損。破産。

母は家を去り、今でも行方は解らない。

家は何故か燃えた。

借金を抱えた親類が何人か首をくくった。

借金を抱えていなかった親類も首をくくった。

今にして思えば、借金よりもいままで拠り所にしていた『名家』というプライドを失った事が耐えられなかったのだろう。本物の名家なら、例え全てを失っても心の中にそのプライドを保つのだろうが、にわか成金である彼らにとっては、プライドを守りきる事もプライドを捨て去る事もできずに、ただ絶望だけに追い詰められたに違いない。

数少ない生き残りである少女は、家族を失った事に対する悲しみに明け暮れ——

その代償として、初めて自由を手に入れた。


遠い親戚に預けられたまま育った彼女は、紆余曲折を経て、自分のやりたい事を見つける。

それは——幼い頃に憧れた、怪獣に関わる仕事。

怪獣だけではない、テレビ映画の中に出てくる、ジェイソンやフレディといった殺人鬼、エイリアンのような感情の無いクリーチャー群、そうした『破壊する者』『殺戮者』といった属性を持つ、人間の枠を肉体的にも社会的にも超越した存在に憧れ続けた結果として――彼女は中学を出てすぐに、とあるメイクアップアーティストへと弟子入りした。

怪物を、この手で自分が憧れていた怪物を生み出せる。

――自分にできなかった事を、この子達が代わりに――

そこまでの過去を思い出しながら――

彼女は、よくやく気付く。

――ああ、これ、走馬燈だ。

ベンチに殴り飛ばされ、吹き飛ぶ自分の体を感じながら――

、、、、、、、、、、、、、、、、、、

彼女――殺人鬼『ハリウッド』は、自分の人生があっけなく終わるのだと気付く。

極限までに凝縮された時間の中、彼女は静かに目を閉じる。

何故自分が殺人鬼になったのか。

その経緯を走馬燈で見る必要は無い。

思い出したくもない過去だ。

——でも、満足だ。

——最後の最後に……本物の怪物に出会えた。

——私みたいな偽物じゃない、本物の、本物の、圧倒的な力を持った『怪物』に。


そして、彼女の全身を二度目の衝撃が包み込み——

走馬燈も消え失せ、かろうじて残った意識も闇の中に呑み込まれた。

♂♀

同時刻

平和島幽こと羽島幽平がその場所を通ったのは、果たして偶然だったのか、それとも必然だったのか。

池袋の某所で行われたインタビューの帰り道——

愛車のラ・セードに乗った幽平は、軽やかなハンドリングで車体を操り、制限速度のままで夜の街を周回していた。

インタビューの中で散々家族について聞かれたせいか、彼は久しぶりに兄に挨拶でもしようと、自分がプレゼントしたバーテンダーの制服を捜していた。

しかしながらそう簡単に見つかる筈もなく、電話かメールでも入れるか、あるいはそこまでして姿を見る必要もないかと迷いつつ車を走らせていたのだが――

公園に近い、細い路地に入った所で――車のライトが奇妙なものを照らし出した。

「……」

それは、眼球を飛び出させつつ空から降ってきた、人の形をしているだけの歪な存在。

ドチャリ、という音と共にアスファルトの地面に激突した『それ』は、一瞬だけビクリと体を震わせ、その勢いで糸が切れたかのように動かなくなる。

人と言えるのは全体のシルエットだけで、ライトに照らし出されたのは、緑色の肌から蟲を這い出させた、映画やゲームに出てくるゾンビのような怪物だった。

通常の人間ならば、この時点で悲鳴を上げていた事だろう。

しかしながら、幽平は緩やかに愛車を路肩に停め、それが生物なのか人形なのかを確かめるべく外に出た。

ライトの明かりをヌチャリと跳ね返す緑色の皮膚。

血は出ていないようだが、ピクリとも動かず、全身を深刻な症状が襲っているであろう事だけは見て取れた。

人間ではなく人形という考えもあったが、先刻の一瞬の硬直がその可能性を否定する。

あからさまに異常な事態なのだが、幽平は、少なくとも表面上は全く混乱していない。

人が空から降ってくるなど、幽平にとっては見慣れた光景だ。

もっとも、その大半は自分の兄に殴り飛ばされた被害者だったのだが。

救急車を呼ぶ準備をする一方で、幽平はある一つの可能性に思い至る。

殺人鬼『ハリウッド』。

絶えず怪物の姿をして現れるという殺人鬼の噂を思い出し、目の前に転がる死体と肢体の中間がそれなのではないかという疑念が浮かぶ。

しかし、だからといってやる事が変わるわけでもないと、躊躇わずに一歩踏み出し——そのゾンビの顔面が剝がれかけている事に気が付いた。

「……」

あまりにもリアルなその顔面は、本物の腐りかけた皮膚にしか見えない。だが、幽平はその下に別の色——筋肉と血の赤ではなく、血の気を失った肌色を見つける。

常人ならば焦って気が付くこともできなかったであろう事に気付いた青年は、無言のまま、そのマスクに手を掛けた。

めくり上げた下から現れた顔を見て、幽平は暫し考え込む。

ほんの数秒の間だったが、その間にも青年の秀麗な顔には全く感情は表れず、ゴミを見つけた清掃ロボットのような不気味さを漂わせるのみだった。

やがて幽平は、あろうことかゾンビの格好をしたその怪人の体を抱え上げ、そのまま自分の車の助手席へと足を向ける。

器用に扉を開き、怪人の体を助手席に横たわらせる。

そして、自らも運転席に戻ると、携帯電話で誰かに連絡を取り始め——

何事かを話した後、電話を切ると同時に車を静かに発進させた。

♂♀

闇の中

不思議と、自分が夢を見ているのだと理解できた。

始まりはどこだったのだろう。

どうして自分は人殺しになってしまったんだろう。

決して、なれない筈だったのに、どうして自分は怪物になってしまったんだろう。

憧れていた筈なのに、どうしてこんなに気持ち悪いんだろう。

吐き気がした。

『あいつら』を殺す度に吐き気がした。

解っていた。

本当に吐き気を催されるべきは、人殺しをした自分の方だと。

殺しておきながら、自分で殺しておきながら何をやっているんだ、私は。

後悔なのか罪悪感なのか知らないが、自分の行為に吐き気を覚えるなどとなんて気持ち悪いんだろう私は。

そう思いながらも、背骨の裏側から染み出す吐き気は止まらない。

違う、違う、こんなのは違う。

怪物は後悔なんかしない。

怪物は吐き気なんか催さない。

怪物は罪悪感なんて感じない。

そういう怪物も映画の中には存在した。

だけど、そうした怪物達は、きっと怪物じゃない。

愛すべき、人間だ。あるいは、人間ではないが――人間のような何かだ。

人間と心が共有できるなら、それはきっと、どこかの誰かが愛すべき何かなんだ。

例え、どんな姿形をしていたとしても。

私は違う。
そうなってはいけない。
誰にも愛されてはいけない。
怪物になるんだ。
誰にも理解されない怪物に。
そうして初めて、あいつらを、あいつらを……

いや、違う。

違う！　違う！　違う！

残りは一人だ！　一人なんだ！　なのに……

一人、一人、一人、アイツだ、あいつ　が　来る
あいつだ　あいつを　　殺す　殺　　あいつ　殺す　あいつを
殺す　　あいつ　　あいつら　違う　あいつ　殺す
殺す　殺す　嫌だ　殺さないと　殺され　吐く　あいつが　来る　来るな

来るな来るな来るなやめて　やめて　やめて　やめ　て
触らない　で　触らないで　触らないで触らないで触るな触るな触るな触るな
「驚いたねえ、セルティと君の兄貴の次ぐらいに傷の治りが早い」
いやぁっ　誰　あいつ　違う　あいつ？　違う！
　違う　じゃあ誰　ぎっ　ひぃあぁっ　殺さ　、やて　あ
　　声っ　違う　嘘　怪物に
「凄いな、やっぱりセルティが引き寄せてるのかねえ、どう思う？」
あいつじゃない　誰の声が　ここ　どこ　あいつは　あいつを
殺さない　と　誰か　殺され　ひっ　あぁっ
「注射針も最初は通らなかったぐらいだからね、まあ、静雄の時はメスが折れたんだけどね。信じられない事に。メスほどしなやかで丈夫な刃物はないんだよ？　それが折れるって……本当にね、鉄の洗濯板を削らされてるような感覚だったよ」

誰　こたえて　だれ

どこ　あいつ　どこ

あと一人　なのに　終わる　のに　ひあっ

「ていうかねえ、それに近いって……ちょっと信じられないね、まさかこんな子がねえ。柳暗(りゅうあん)花明(かめい)な街の風が似合(にあ)うような子なのにねえ」

答えて　答えて　答えて――――

ここで　終わる　いや　いや　いやだよ

助けて　母(かあ)さん　どこにいるの

たすけて　ください

たすけて

♂♀

そして——

彼女は目を開く。

「あ、目が覚めたよ。命に別状はないどころか、もうすぐ歩けるんじゃないかな」

「ありがとうございました」

「なに、静雄の弟の頼みじゃ断れないよ。後で火星まで殴り飛ばされるのは御免だからね」

まだ、意識ははっきりとしない。

おぼつかない視界の中で、乳白色の天井が広がっている事が理解できる。

周囲から会話のようなものが聞こえるが、まだどこか遠い国の中の光景のように思える。

遠い国の光景などテレビでもなければ見れる筈もないのだが、なんとなくテレパシーを受けているのだという錯覚を覚えながら、徐々に彼女の意識が鮮明になってくる。

そんな中、聞こえてくるのは感情の無い声と皮肉っぽい笑い声だった。

「いつも兄がご迷惑を……」

「ハハ、セルティがしょっちゅう世話になってるから逆に御礼を言いたいぐらいだよ。でもセルティが静雄に惚れたりしたら大変だから、あまりかっこいい所を見せないでって言っておいてよ。俺が言うと殴られるからね。あ、ちょっと喉渇いたから水貰っていい？」

「持ってきます」

「ああ、ありがとう。彼女の分は……水、飲めるかな。一応持ってきて」

そう言いながら、自分の顔を覗き込んでくる男の顔が見える。

眼鏡をかけたインテリ風の若者だ。

白衣を身に纏っている所を見ると、どうやら医者かなにかのようだ。

しかしながら、男の背後に見える景色は病院のものとは思えない。

壁一面を覆う本棚や、近代的な高級レストランの中に見られるような観葉植物。

洒落た雰囲気の部屋だが、部屋の入口にハンガーで洗濯物が吊してあり、そうした空気を台無しにしている。

熱帯魚の水槽が見え、コポコポという空気ポンプの音が鳴り響いていたかと思うと、部屋のどこかから猫の鳴き声が聞こえ、妙な高級感と生活感が同時に醸し出されていた。

――ここ、は。

霞む目をしばたたかせ、より意識をはっきりとさせるが――

次の瞬間、全身を鈍い痛みが覆っている事に気が付いた。

――……っ。

悲鳴を上げる程ではないが、何故いままでこの痛みに気付かなかったのだろうか。

彼女が苦痛に目を歪めると、それを察した医者らしき男が言葉を紡ぐ。

「あ、まだ無理に動かない方がいいですよ。鎮痛剤を打ってる上に君の回復が早いとはいえ――本来なら痛みでまた気絶してもおかしくない程の怪我なんですからね」

淡々と告げる医者の声に、彼女は静かに呼吸を整える。

ここが病院ならば、自分はある種の覚悟を決めねばならない所だったが――

状況が全く理解できない今は、まず自分の立場を理解することが先決だろう。

「……」

「大丈夫ですか？　鈍痛以外に、どこか刺すような痛みはありませんか？」

「……」

こくりと頷いて見せると、白衣の男が安心したように頷いた。

どうやら、少なくとも目の前の医者は自分に危害を加えるつもりはないように思える。

彼女は唾を呑み込み、強い意思を持ち、それでいてどこか弱々しい声で尋ねかけた。

「あの……ここは……どこ、ですか……？」

とても先刻までゾンビの面を付けていたとは思えない程に可憐な声を出す女に、白衣の男――岸谷新羅は感動したように首を振る。

「ああ、テレビで聞いた通りの声だ」

「あ、あの……」

「おっと、失礼しました。でも、ちょっと待って下さい。質問に答える前に……恋愛感情とは別の意味ですが、憧れの人に出会えたという感動を味わわさせて下さい。ほんの数秒でいいですから」

「は、はあ……」

鈍痛が響かないように声を抑えながら、ベッドに横たわる女が頷いた。

新羅は安心したように胸をなで下ろすと、大仰に両手を広げながら、怪我人を前にして心底幸せそうな声を出す。

「寸善尺魔のこの世の中ですが、生きていくものです！　感動がここにある！　あ、あの、動けるようになったらサインを頂いて宜しいですか？　できれば二枚！　いや、ミーハーなのは解っていますが、同居人も貴女の大ファンなものでして！」

怪我人を前にしてハシャぐという紳士にほど遠い行動をしながら、憧れの存在を目の前にして恭しく一礼する闇医者。

だが、例え彼でなかったとしても、同じような態度を取ってしまう男は多い事だろう。

逆に、緊張して何もしゃべれなくなる者もいるかもしれない。

「まさかこんな、お天道様に顔向けできないような仕事をしていて——」

より一層仰々しく両手を広げながら、新羅は目の前にいる『患者』の名を口にした。

「みんなのアイドルである聖辺ルリさんを診察できる日が来るなんて！」

♂♀

インターネット百科事典『文車妖妃』より
『聖辺ルリ』の項より一部抜粋

日本の女優、タレント、モデル。芸能事務所『澱切シャイニング・コーポレーション』所属。

本名、芸名に同じ。

生年未公開、8月8日生まれ。


元々は特殊メイクアーティストの『石榴屋天神』の弟子であったが、澱切シャイニング・コーポレーションのスカウトに合い、モデルとしてデビューする。

デビュー以前に何作かの邦画で実際に特殊メイクを担当しており、特に『吸血忍者カーミラ才蔵』の仕事が評価され、世界映画村連盟より『ジューシーな特殊メイクアーティスト百選』に師匠と共に名を連ねていた。

その直後にモデルとして雑誌デビューし、半年後にテレビドラマに端役として出演し、その独特の雰囲気に根強いファンを多く持つ。

演技が達者なわけではないが、『素』としての彼女の特性が人気を集めている。

青白い肌と、どこか陰のある端麗な顔が一種の人間離れした魅力を醸し出していると言われ、役柄も自然とどこか陰のある気の弱い役が多い。

一切化粧をしない『すっぴん美人』との噂があるが、真偽は不明である。

また、本人は撮影が終わっても全く変わらない、気弱でしとやかなタイプの人間だと言われており、人付き合いも苦手で友人も彼氏もいないとインタビューで語っている。

顔だけで売れていると言われているが、他の役者やモデルと被らないタイプのせいか、競合するライバルのようなものは見られず、幽鬼のような佇まいが男女問わずに多くのファンを魅了している。

運動は苦手とされており、テレビの水泳大会などには顔を出した事がない。

バラエティ番組にはその陰のあるキャラクターが弄りやすい為か、トーク番組のゲストなどによく呼ばれている。もっとも、自分から話す事は殆どなく、司会者の芸人達によってキャラクターを立てられており、やはりその番組内でも運動は苦手と発言している。
しかしながら、小学生の時に陸上などの個人競技で好成績を収めていたとの報告もあり、現在の弱々しいキャラクターは演技であるという説も根強い。(※要出典)
しかしながら、どこか現実離れした、自然な雰囲気のまま二次元的である彼女は、一部の漫画やアニメファンから『コスプレして欲しい芸能人』の筆頭として人気を博している。

♂♀

新羅の目の前に居るのは、紛れもなく、そのアイドルの『聖辺ルリ』に他ならなかった。

ゾンビのメイクを剝がされた彼女は、別の意味で現実の存在とは思えない。

当然ながら、現在は顔になんの化粧も施されていない。それにも関わらず、彼女の肌は絹糸のように滑らかで、その顔立ちはまさしく絵画のような美しさを持っていた。

——なんていうか、幽平君が少女漫画から抜け出してきた子だとすれば、この子はほんと、西洋の天使とか色々描かれてる絵から抜け出てきたみたいだね。

新羅は素直に感心しつつ、色紙を持ってこなかった事を後悔する。

——まあ、急な話だったからねえ。

いつも通り、家の掃除をしながらセルティの帰りを待っていた新羅だったが——突然携帯電話が鳴り響いたかと思うと、懐かしい番号がデスプレイに表示されていた。

同窓生の弟から『普通の医者に診せられない患者がいるから来て欲しい』という連絡を受け、ここぞとばかりに顔を出したのだが――

結果として、彼は『闇医者になって良かった』と心の底から感激する事となった。


そんな風に浮かれる白衣の男を見て、聖辺ルリは静かに考える。

――結局、誰なんだろうこの人。

――ここは……どこかの部屋みたいだけど……それにしても……広いなあ。

部屋の内装からすると、一軒家というよりもマンションの一室だろう。だが、それにしては少しばかり広すぎるのが気になった。

――そうだ、私、どうなって……。

――あの、バーテンダーの人にベンチで殴られて……それで……。

そこで意識が途切れた所までは覚えている。

誰かがこの部屋まで運んで、そのままこの医者らしき男を呼んで自分を治療させた。

男が浮かれながらペラペラ喋っている内容を聞くに、大体そんな経緯かと思われる。

「……」

ルリはとりあえず沈黙を保ったまま、現在自分が置かれた状況について考えを巡らせた。

――この人は……私の正体を知ったんだろうか。

聖辺ルリだという事はとっくにバレているようだ。

だが、肝心の――殺人鬼『ハリウッド』が自分であるという事はバレているのだろうか？

そもそも、救急車を呼ばなかった時点でおかしいのだ。確かにあそこで救急車を呼ばれていたら自分の立場が危うくなっていたが、放置されても生死に関わる状況だった。

全身の痛みを感じながら考え込んでいると――彼女の腹の上に、一匹の猫がよじ登ってくる。

「うっ……」

鈍痛が、猫の足の衝撃で一瞬酷くなった。

ルリは猫をどけようとしたのだが、布団の上に乗っているその猫を見て、あまりの愛くるしさにその手が止まる。

両耳がペコリと前に折れた、まだ成長しきっていないスコティッシュフォールド。

毛糸玉に命を宿したようなその生命体は、ルリの顔を見ながら首を傾げ、ニーと一声鳴いた。

あまりの可愛らしさに痛みも現在の悩みも忘れかける殺人鬼。

だが――

いつの間にか部屋の中に入ってきていた男が、白衣の男の横から手を伸ばし、ヒョイと猫を抱え上げる。

「ほら、ダメだろ、独尊丸。怪我をしてる人によじ登っちゃ」

「独尊丸って」

白衣の男の言葉に、青年は無表情のまま口を開く。

「唯我独尊丸って言うんです。可愛いでしょう」

そっと猫を差し出してくる男に、白衣の男がたじろぎながら身を引いた。

「……そういう時は笑いながら差し出してこようよ。怖い」

「？　笑ってますよ？」

「親父が君を見たら多分解剖したがるよ」

これでもかという程に無表情な男の顔を見つめ、闇医者は諦めたように首を振る。

二人のそんなやりとりを見て——ルリは気付く。

安っぽいTシャツを着ながら、ブランドもののベルトを巻いている青年は、自分の良く知っている顔だという事に。

「羽島……幽平……さん？」

ぼそりと呟いた声に、幽平は無表情のままこちらを振り向き、猫を床に放しながら口を開く。

「良かった、思ったよりも元気そうですね」

口以外をピクリとも動かさずに呟かれた言葉は、本当に良かったと思っているのかどうか解らない所もあったが——

彼女は知っていた。この自分と同じ職業の男は、感情を殆ど表に出さないタイプの人間であるという事を。

実際に会ったことも何度かあるが、友人というわけではない。

幽平のデビュー作『吸血忍者カーミラ才蔵』の撮影の際に、彼に吸血鬼のメイクを施したのは他でもないルリだからだ。

彼女が女優としてデビューした後は、一度だけ二時間ドラマで競演しただけだ。

シリーズ物の刑事ドラマだったが、幽平は主演の刑事役、ルリは犯人の娘というゲスト役であり、結局その時ぐらいしか接点が無かった。

——なんで。

再会の驚きというよりも、まずは疑問の方が先に浮かぶ。

どうして自分の目の前に、同業者が居るのだろうかと。

——まさか、あいつの……差し金……。

そんな事を考えかけたが、すぐに首を振る。

——あいつと羽島さんは関係無い筈だ。

ならば、何故？

美麗な顔に疑問符を浮かべている女優に対し、幽平は静かに尋ねかける。

「水、飲みますか？」

ロボットの顔で差し出されるコップ。

今にも毒殺されるといったような雰囲気に呑まれそうになりつつも、ルリは静かにそれを受け取り、そっと胃の中に水を流し込む。

身を起こした際、全身に鈍痛が走ったが、水を呑み込む事自体に支障はなかった。

そんな様子を見て、闇医者は幽平に話しかける。

「ま、筋肉はズタズタだったけど内臓は大丈夫みたいだからね。でも、念のために歩けるようになったらレントゲンとかＭＲＩの検査はしておいた方がいいよ。脳内出血とかは後から来る奴もあるからねえ。ネブラの研究所が借りられればそれも俺ができたんだけどさ。御免ね」

「いえ、今日は夜中にわざわざ、本当にありがとうございました」

「いやいや、寧ろ、なんていうか凄い役得だったよ。アイドルの顔をこんなに間近で見られるなんて。あ、セルティには僕がこんな事言ってたなんて内緒だよ。セルティも彼女のファンでさ、ヤキモチを焼かれる以前に思いっきり嫉妬されちゃう」

クスクスと惚気た笑いを浮かべる闇医者だったが――

不意に彼の懐から携帯の振動音が響き、部屋の隅に行きながら小声で通話を開始した。

残された二人の芸能人は、特に会話する事もなく、その場に微妙な静寂が訪れる。

やがて耐えきれなくなったのか、沈黙を破ってルリが小さな声で問いかけた。

「……何で私、ここにいるんですか？」

「帰る途中、俺の車の前に落ちてきましたから。勝手だとは思いましたが、うちに連れてきて、知り合いの医者に診て貰いました」

「どうして、病院じゃなくてここに……？」

「いくつか理由はありますけれど——」

そこで一瞬言葉を止め、一呼吸置いてから続きのセリフを口にする。

「ルリさんも……病院は困るかと思って」

「……」

「俺の判断が間違っていたなら謝罪しますし、今からでも病院に連れて行きます」

「……いえ、いいんです」

無表情のまま淡々と話す幽平に、警戒を続けるルリ。

お互いに他人行儀な口調での会話だったが、結局続かずに静寂が訪れる。

と、そこに闇医者が戻ってきて、溜息をつきながら首を振った。

「ごめん、また急患だ！　ったく、一晩で二人なんて珍しい事もあるもんだよ。ああ、もう、せっかく聖辺ルリちゃんと仲良くなれるチャンスだったのに」

ブツブツと文句を言いながら、男は帰り支度を始めて幽平に耳打ちする。

「サイン、彼女に貰っておいてくれないかな。セルティの分も。頼むよ、ね！」

「頼んでみます」

「ありがとう！　御礼に、今日の診察はタダにしとくよ！」

「いえ、それは……」

「いいって！　俺の幸福な時間を邪魔した、次の患者からふんだくってやるからさ！　じゃ、静雄にも宜しくね！」

やはり笑いながら言葉を紡ぎ、男は白衣を着たまま部屋の外へと出て行った。


見送りをするとでもいうかのように、猫も白衣の男を追って部屋を出て行き――後に残されたのは、世間を騒がせるアイドルが二人。

しかし、ファンの一人もいないこの状況で、沈黙したまま無為に時が過ぎ去っていく。

今回その静寂を破ったのは、ベッドの横にある椅子に腰をかけた幽平だった。

「一つ、聞いてもいいですか」

「……なんですか？」

半身を起こしたまま幽平に向き直り――ルリは、その光景に目を見開いた。

幽平の手には、彼女自身が先刻まで被っていたゾンビの『皮』が握られている。

緊張するルリに対し、幽平は、彼女の想像通りの言葉を口にした。

「殺人鬼『ハリウッド』っていうのは、ルリさんの事なんですね？」

半ば確信を持った言葉に、ルリは何か否定の言葉を探そうとしたのだが――

「貴女が普通の体じゃないって事も、さっきの医者の人が教えてくれました」

――この人……確信してる。

誤魔化しや駆け引きはあまり意味を成さないだろう。

目の前の鉄面皮を相手にしながら、ルリは顔を俯かせ、否定も肯定もせずに言葉を紡ぐ。

「……そう思ったなら……どうして、警察に私を引き渡さないの？」

「引き渡して欲しかったんですか？　それなら、自首をお勧めしますが」

「……そういうわけじゃないけど……」

「なら、いいじゃないですか」

幽平はやはり感情の無い声と共に立ち上がり、ルリの言葉から『ハリウッド』の正体についてどう判断したのか、無言のままルリの手にあった空のコップを受け取ろうとした。

刹那――

「……そう」

ルリが静かに呟いたかと思うと――

バネのような勢いで腕を伸ばし、幽平の首を絡め取る。

そしてそのままベッドの上へと引き倒し、全身が悲鳴を上げるのも構わずに、体を回転させて相手の上へと馬乗りになった。

ピン、と伸ばした指を幽平の喉元に突きつけ、ルリは静かに問いかける。

淡々と、それでいて、酷く圧力の籠もった声で。

「なら……こういう事になるって想像はできなかった……？」

「……」

それでも無表情を貫く幽平に、ルリは少し苛立ったように声の調子を強めていく。

「はっきりと言っておいてあげますよ、幽平さん。貴方のその性格は、演技じゃないっていうのは良く解りましたけど……正直言って、まともじゃない」

「そういうものかな」

「ええ。殺人鬼を家に入れるなんて、どうかしてます」

押さえ込まれながらも首を傾げる青年に、ルリは静かに己の手刀を振り上げ——問う。

「自分が殺されるかもしれない、なんて……欠片も考えなかったんですか？」

♂♀

2時間後　池袋　サンシャイン60階通り

「まったく、参った参った。三面六臂とはこのことだね。一晩で二件も仕事するなんて」

本物の医者に聞かれたら殴られても文句の言えないような事を呟きながら、新羅は受け取った報酬を診療鞄に入れ、夜の池袋へと繰り出した。

「まだ時間あるから、もう一回幽平くんのマンションに戻ってサイン貰って帰ろうかなあ」

そんな事を考えながら、人気の薄れた夜中の商店街をぶらついていたのだが——

（おい、あれじゃないのか？）

（ああっ、そうだそうだ！）

（間違い無い！）

（おい、カメラカメラ！）

「？」

唐突な喧噪が遠くから近づいてくるのを感じ、ふと視線を上げると——

その顔面に、カメラのフラッシュが浴びせかけられた。

「うわっ!?」

「あの、失礼します！　貴方、2時間ぐらい前に羽島幽平さん所有のマンションから出てきましたよね！」

「……!?」

それがパパラッチなどと呼ばれる類の職業の人々だと気付いたのは、既に五回以上フラッシュを焚かれた後だった。

「ちょっと宜しいですか！　あのマンションは羽島幽平さんが全ての部屋を所有しているとの

事なんですが、貴方は羽島さんの知人の方ですか⁉」

――げげっ⁉　本当に⁉　そこまで金持ち⁉

12億近く稼いだ金を資産運用でさらに増やしたという話を聞いてはいたが、セルティとの愛の巣である高級マンションと同じぐらい豪華な部屋と同程度の値がする物件を全て買い切っているとは当然信じられない事だった。

しかしながら、今はそれを考察している暇はない。

「あのですね、今から一時間程前に、羽島さんと女優の聖辺ルリさんがマンションの前でキスをなさっていたんですが、お二人の交際に心当たりは？」

「こんな夜中に、いったい何を診察なさったんですか？」

「ご専門の診療科目は――」

「まさか、産婦人科ですか⁉」

いくつかの雑誌社の人間から滝のように浴びせられる声、声、声――

「ちょっ！　ちょっと、ちょっと待って下さい！」

――何⁉　何⁉

――あのあと二人に何があったんだ⁉

――いきなりキスって！

――サインは⁉　サインは貰えたの⁉

混乱する新羅の中にいくつもの疑問が湧き起こるが——質問とフラッシュの雨が冷静な思考力を奪い去っていくのが解る。

「解りました……とりあえず、皆さんのご質問に対する回答はＣＭの後で発送をもって発表と代えさせて頂きますのでお楽しみに！」

言うが早いか、ダッシュでその場を駆け去る新羅。

「あっ！　逃げた！」

「待って下さい！」

「一言、一言でいいので！」

尚も追い続けるレポーターとカメラの群を背後に見ながら——

岸谷新羅の、数年ぶりの肉体労働が幕を開けた。

同じ日の夜に、セルティもまたテレビカメラに追われていた事も気付かぬまま。

♂♀

12時間後　川越街道沿い　某マンション

「まったく、今思い返しても昨日は怖かったなあ」

黒い糸によって簀巻き状態にされた新羅は、ズルズルと這い回りながらセルティの帰りを待ち続ける。

「それにしても、本当に何があったんだろうね。……自由になったら、とりあえずニュースでも見てみよう。肖像権の侵害で訴えますよって叫びながら逃げたから、俺の写真は使われてないと思うけど」

独り言をブツブツ言いながら、もうすぐワイドショーが始まる事を見越して、テレビのチャンネルを捜す黒い芋虫状態の新羅。

ようやくチャンネルを見つけた所で——

タイミング悪く、チャイムが鳴る。

——ああ、しまった。これじゃ出るに出られない。

——待てよ？　二人がかりながらこの糸外せるかも。

そんな打算をしながら、どういう言い訳で糸を外させようかなどと考え込む新羅。

だが、彼がどうぞと返事をするよりも先に、扉の鍵が開かれる音がした。

「あ、セルティかい!?　助かったよ、でも放置プレイだと思ってドキドキしてたらなんだか色々と乗り越えられ……」

惚気きった表情になって出迎えようとしたのだが——

彼の目の前に現れたのは、数人の屈強な男達と、一人の痩せた男だった。

屈強な男達は一見して堅気ではないという事が解るが——

その中心にいた痩せた男に関しては、雰囲気だけならば一般人と変わらない。

痩せた男はズカズカと新羅の家に上がり込み、冷めた調子で口を開く。

「放置プレイは、私はちょいとばかり理解できないんですよねえ」

「……四木の旦那ですか。今日はまた、なんの御用で」

四木と呼ばれた男は、目の前の男に警戒と安堵の微笑みを浮かべてみせる。

彼らは確認するまでもなく、粟楠会という暴力団の一員であり、四木はその中で若くして幹部の地位に上り詰めた男だ。

「急患……って感じじゃなさそうですね」

実のところ、四木にだけはここのカードキーのスペアを渡してある。

彼らの職業上、闇医者を頼る確率が一番多いお得意様という事もあって、緊急時に新羅が寝ていても駆け込めるように、四木だけはスペアキーを持っているのだ。

しかし、見たところ銃創などによる怪我人は見受けられない。

どういう事だろうと思っていると——四木は真剣な表情になって、黒い芋虫となっている男の前に新聞紙を投げ落とした。

本日発売のスポーツ新聞で、見出しには『羽島×聖辺、深夜の「おめでた!?」秘密デート』

という文字が躍っており、その中にはあからさまに自分と思しき存在の事が書かれていた。

なんでも、産婦人科らしき医者が二人がキスをする前にマンションの中から出ていくのが目撃されたということだ。

新羅はその記事を読み込み、とりあえず自分の顔写真などが出ていない事に安堵する。

だが——

「お前なあ……この辺の町中を白衣でうろうろしてる奴なんてお前以外考えられないだろう」

取り巻きの一人がそう呟き、続いて、四木が新羅の前にしゃがみ込み、尋ねかけた。

「俺達が聞きたいのは一つなんですよ、先生」

「なんですか？」

「貴方……もしかして、聖辺ルリを診察とかしましたか？」

「ええ、まあ」

あっさりと頷く新羅に、四木は淡々と、幽平とは別の意味で感情の無い表情を作り出す。

「……単刀直入に聞きますが——彼女は、何ですか？」

冷静だが力強く、声だけで相手を押さえつける事のできそうな声。

それを受け流すように、あくまでひょうひょうとした態度で新羅は告げる。

「……その前に、お願いが一つあります」

顔を少しずつ青ざめさせながら、新羅もまた真剣な表情となり——自分の中での最重要事項を口にした。

「この黒い縄から脱出するの、手伝って貰っていいですか」

「さっきから、ちょっとトイレを我慢していましてね……」

5章 chapter005

池袋散歩解説書『池袋、逆襲Ⅱ 池袋バイオレンス怪奇譚』

未来——

『池袋、逆襲II』まえがきより一部抜粋

やあ。

最初に言っておく事があるけれど、俺は自分の正体を明かすつもりもないし、明かした所で君達は信じないだろう。

だから、あらかじめ言っておく。俺がどういう存在であるのかなんて事は示さない。代わりに、君達で自由に想像して貰って構わない。

何しろ、俺はこの本で語る色々な事件に、全くと言っていいほど関わっていないんだからね。

『リッパーナイト』の事件には少し関わったけど、インターネット上という限定的な空間だけだから、現実にはやっぱり殆ど関わっていない。

そう……見てただけ。

俺はただ、見ていただけなんだ。

正体を明かさないとは言ったけれど、名前だけは教えておこう。

俺の名前は真一。九十九屋真一。

まあ、特に意味は無いから覚えてくれなくても構わないんだけれど。


『池袋、逆襲II』五章「影の騎手は陽光の下を駆け抜ける」より一部抜粋

今年の春先、池袋の午後に起こった集団暴走事件を御存知だろうか。

複数の暴走族が入り乱れて抗争状態となったまま町中を疾走した、スペインの牛追い祭りや竜巻を思わせるような危険な状況。

何しろ、抗争しながら移動するのだ。通りすがりの住民や観光客、ショッピングに来た一般人にとっては驚異以外の何物でもないだろう。

一台の白バイ隊員によって収拾したと言われるこの事件。

では、きっかけは何だったのか？

それは、白バイと何から何まで逆の存在——黒バイクだ。

この前日、インターネットを中心に一つの騒ぎが巻き起こる。

テレビ番組に映し出された衝撃的な映像（他章にて解説）が引き金となって、ある大手芸能事務所が黒バイクに跨る漆黒の彼（あるいは彼女）に対して賞金を掛けた。その額なんと1000万円。

ただ道を走っているバイク乗りの後をつけて正体を暴くだけで、漫才グランプリの頂点や高額賞金を売りにするクイズ番組の覇者と同じ金額が手に入るとあり、多くの人間が数日間その夢を追い求めた。

数日間、というのは、そうした騒ぎが起こった結果、警察当局や地元住民、更には所属タレントにまで自粛を求められ、芸能事務所が即座に賞金を撤回したからだ。

これはちょっとした騒ぎになった。賞金のかけられた翌日の新聞に載ったが、賞金撤回についてもニュースを騒がし、あるテレビ局によって撮られた黒バイク……っていうよりも、バイクが馬に変身するのを見て、世間はちょっとしたツチノコブームの再来になったわけだ。

あの映像が本当か嘘かも、未だに議論され続けているが——俺は、その真相を知っている。

しかし、俺はそれをここには書かない。

まえがきにも書いたが、俺は街の出来事に干渉しない。

こういう本を書く為には、徹底的に他人事として物事を見る必要があるからだ。

ともあれ、俺はそうした黒バイクの正体はこの本には書かない事にしている。

知ってはいる。まあ、信じるも信じないも読者の君たち次第だが。

同じように、この『池袋集団暴走事件』にも、色々な事件の裏があったって事さ。

結果だけ見ると、他県から来た暴走族達が騒ぎを起こして帰って行った、ただそれだけの事件と思われる事だろう。

だが、やはり何かはあったのさ。

新聞やテレビで報道されなかった何かがね。

俺はその何かを知っているけれど、敢えて此処には書かない。

どうしても知りたいと言うなら、是非とも君達自身の手で探り当てて欲しい。

物事には必ず裏側がある。

しかし、代償無しにそれを知る事なんかできやしない。

結局の所、全てを知るには自分がそれに関わり、直接真実を体験するしかないのさ。

俺だってそう。

俺はただ、見てただけ。

だから——俺は、裏側で起こった事実は分かっていても、当事者の心の中までは解らない。

当然と言えば当然だが、関わってた連中は、確実に自分の心は解っている筈だ。

そういう事だ。だからこそ、本当に裏側に辿り着きたければ、金でも時間でも義理でもなんでもいい。代償を払って、自分の手で世界を本に例えて読み進める事だ。

君達が強いなら、腕っ節一つで無理矢理関係者から聞き出すってのもアリだ。

もっとも、命の危険があるかもしれないから、お勧めはしないがね。

バーテンダー服の借金取りに勝てるぐらい強いなら話は別だが――

それもまた、別の話だ。

♂♀

現在――池袋　某国道

「待てゴラァ！」

「つじゃっぞッアラアッ！」

「ダジャアッ！」

「ｄｒｆｔｈｊｋッッ！」

もはやまともな言葉には聞こえない怒声をまき散らしながら、バイクに乗った青年達がセルティの乗るバイクを取り囲む。

——ああああ、なんで、なんだってこんな事に！

あれから更に暴走族達の人数は増え、後方にはテレビ局のものと思しきバンが見える。

——みんなそんなに1000万円が欲しいのか！

——ちゃんと働いて月に5万ずつ貯金して200ヶ月待て！

無茶に聞こえるが至極当然のことを心中で叫び、セルティはハンドルを握りしめて少しばかり相棒の黒バイクに気合いを入れる。

——無茶するぞ、シューター！

乗り手の意思を完全に読み取り、黒バイクはエンジン音の代わりに鋭い馬の嘶きを響かせ、バネでもついていたかのように地面を跳ねた。

「な、な、なぁッ!?」

暴走族の一人が驚愕の声を上げる。

目の前を走っていたバイクが、ジャンプ台も無いのに突然2メートル以上飛び上がったのだから無理も無いだろう。

僅かに斜めに向かって飛んだその巨大な影は、柵を越えて歩道の側に飛び込み、驚愕する歩行者達の頭上すらも飛び越し——

そのままビルの壁面に着地し、サイドカーごと地面と水平になって疾走し始めた。

セルティの横に積まれていた荷物——中から人間の腕がダラリと垂れたバッグが落ちないよ

うに、サイドカーから手の形をした影が伸びてがっしりと抱えこむ。

あり得ない光景の連続に、車道を走っていた暴走族達は目を丸くしていたのだが——

「なに手品なんかやってんだこらぁ！」

「人体切断されてぇのかぁッ！」

「耳でっかくすんぞコラァッ！」

余りに非常識すぎたので逆にヒューズが飛んだのか、逆ギレなのかどうかも良く解らない怒り方をしてセルティに追随する。

——あああッ！　こんな厄介な荷物、やっぱり運ぶんじゃなかった！

そして、セルティの心が一瞬だけ過去へと戻る。

♂♀

過去——30分前

「どうもすいません、ちょっと厄介な仕事でして」

そう言ったのは、鼻まで覆う風邪用のガーゼマスクとサングラス、帽子で顔を完全に隠した男だった。

妖しさだけで構成されているような長身の男は、横に持ってきた一つの巨大なバッグを指し示して依頼の詳細を語り出す。

「この荷物を、一日預かって欲しいんです」

『預かる？』

「ええ、ちょっと色々ありましてね……一日の間だけ、この荷物が見つかっては困るんですよ。ですから、明日のこの時間を過ぎたら適当に道ばたにでも捨てて頂いて構いませんし、こちらの公園に戻して下されば私どもで処理します。あ、中身についての詮索は無しの方向で……」

明らかにきな臭い仕事だ。

それでなくとも昨日賞金を掛けられている身である。爆弾や発信器の類だったらどうしようと思いつつ、セルティは訝しげな態度を隠さずに文字列を打ち込んだ。

『……失礼ですが、どなたからの紹介ですか？』

「イザヤ・オリハラという情報屋です」

『……ああ。納得しました』

——やっぱりあいつか。

この手の胡散臭い仕事を受けた事は、正直一度や二度ではない。

中には本当に『部下が勝手に作った爆弾を山奥の工事現場まで運んで処理して欲しい』など

という依頼もあり、ちょっとしたアクション映画のような目にあった事は何度もあった。

そして――そうした裏がありそうな仕事の依頼人は、ほぼ全て折原臨也の手によって紹介されている。

セルティは暫し考えたが、バッグの大きさが、丁度人間が一人入りそうな大きさである事に気付き、心中に警報音を響かせた。

――確かに、睡眠薬で眠ってる人間を運んだ事はあるが……。あれは臨也の依頼だったな。

丁度一年ほど前の出来事を思い出しながら、セルティは静かに首を振った。

――普段なら受けてもいいんだけどな、状況が状況だ。

――ちゃんと断ろう。

『すみませんが、私は運び屋でしてね、貸金庫なら銀行に行った方がいい』

「それは承知しています。しかし、そこを曲げて」

『駄目なものは』

そこまで文字を打ち込んで、セルティの指がピタリと止まる。

男は手にした白い紙封筒を差し出し、周囲の目を気にしながら言葉を紡ぐ。

「仕事の性質上、完全に前金という形でどうか……満足いく金額かは解りませんが」

そう言って手渡された封筒には、昨日落とした額とまではいかないが、その八割ぐらいの人数の福沢諭吉達が整列している。

セルティは無言のまま文章を一旦全削除し、一秒足らずで新たなセリフを組み上げた。

『是非、やらせていただきます！』

♂♀

現在——池袋某所　国道

——あああ、やっぱり引き受けるんじゃなかった。

——昨日お金落としたばっかりだから、浮かれてた、浮かれてたんだ！

しかし後悔先に立たず。

既に鞄から腕が零れているのを白バイ隊員にも見られてしまっている。

今までは道交法違反なので現行犯逮捕が原則だったが、殺人もしくは死体遺棄の容疑者となれば正式に捜査網が敷かれる事だろう。そう考えてセルティは絶望に叩き落とされた。

——警察に追われるのは、いい。

——だけど……新羅と住めなくなるのは嫌だ！

果たして死体遺棄容疑の時効とはどのぐらいなのだろう。

そもそも死体遺棄は死体が無くても適用されるのだろうか？

ビルの側面からまた飛び上がり、そのまま別のビルの壁面へと着地するセルティ。

歪(いびつ)なCGでも見ているような光景で、できすぎた動きは逆に見る者の感性からリアリティを失わせた。

――糞(くそ)、こういう事も覚悟(かくご)してこの仕事についてはいたけど……。

――自分が全(まっと)うな生き方をしてないってのも解(わか)ってはいたけど……！

――それでも、今だけは捕まるわけには……！

――せめて、私が会った人達に関わりの無いように、池袋から離れて……

半分捕(つか)まった後の事まで考えながら、セルティはバイクを走らせる。

そんな事を考えていたせいか、頭の中では走馬燈(そうまとう)のように様々な知り合いの顔が浮かんでは消えていった。

――ああ、この一年は本当にいろんな事があったな……。

――帝人(みかど)君達と会って……ダラーズの一員になって……。

――杏里(あんり)ちゃんとも仲良くなれたし……。

――なにより、やっぱり新羅と……。

――……。

――新羅……。

――ええい、ダメだダメだ！

惚気心と同時に悲しみが湧き上がるが、今は感傷に浸っている暇はない。

――しっかりしろ、私！

――頑張れ、何か！

――何とかなれったら何とかなれ！

人事を尽くさずに天命を待つ道理も無い。

セルティは今は全力で逃げ切る事を決意し、前に意識を向けて脇道へと入る。

ビルの側面を走れば、対向車や合流する車と衝突する危険は無い。彼女は『影』をビルの壁面に絡め、スピードを殆ど落とさぬまま方向転換、そのまま後続の暴走族達を引き剝がした。

しかし、所詮は一時しのぎに過ぎない事も分かっている。

再び大通りに出て一気に差をつけようと、別の道へと曲がった瞬間――

見覚えのあるバンが、自分の真横――つまりは、正式な車道を走っている姿を確認できた。

――あれは……。

一度見れば忘れようの無い、ドアにアニメキャラの描かれた箱形のバン。

――確か、門田か遊馬崎か狩沢の車！

渡草が聞いたら泣きそうな事を思いながら、セルティは思わずスピードを緩めようとして――

異常に気付く。

——あれ？

——ちょ、待て、なんだ、なんだ⁉

見ると、バンのあちこちが凹(へこ)んでおり、窓硝子(まどガラス)には所々にヒビが入っている状態であり、まるでちょっとした暴動(ぼうどう)の中をくぐり抜けてきてような状態だ。

思わずビルの壁面から離れ、バンに横付けするセルティ。

すると——その姿に気付いたのか、バンの中から一斉(いっせい)に声がした。

「……黒バイ！」

「セルティさん⁉」

「……セルティさん！」

「あ、セルっち」

「セルティさんじゃねーすか」

「なんすか、何事っすか竜ケ峰先輩(りゅうがみねせんぱい)！」

「ああッ！　黒バイクだ！　黒バイクだよクル姉(ねぇ)！」

「驚(まさか)……」

知ってる顔と知らない顔が多数乗り合わせたバンを見て、セルティは何事かと目を丸くしたが——速度を調節(ちょうせつ)して完全にバンと併走(へいそう)する。

サイドカーの荷物を影で隠(かく)しつつ、器用(きよう)に片手で運転しながらＰＤＡに文字を打ち込んだ。

『ごめん、暴走族に追われてる！　逃げて！』

「……」

セルティが必死になって打ち込んだ文字に対し、門田は苦笑を浮かべながら一言告げる。

「悪いけどよお……謝るのはこっちかもしれねえぜ、黒バイクさんよぉ」

――え？

その瞬間、背後から派手なクラクション音が響き始めた。

セルティが振り返ると、そこに見えたのはやはりバイクに跨った暴走集団。

「俺らも、追われてんだ」

その暴力と鬱憤の塊は、セルティを追ってきた者達と合流し――

五十台を超える大集団となって、台風のような勢いで、実に人間らしい殺意をこちらに向けて追い迫る。

『絶望的か？』

「なあに、希望は一個ある」

セルティがヘルメットを傾げさせると、門田はニヤリと笑いながら口を開いた。

「こいつらは全員よそもんで、俺らは一応ダラーズっつうチームだろ？」

「縄張り荒らされてる側として……遠慮なく殴り返せるってこった」

♂♀

過去――2時間前　池袋某所

「おい、兄ちゃん達」

門田が声をかけると、二人の少女を囲んでいた青年達が訝しげに振り向いた。

「あん？　つだてめぇ？」

「ツんか用か？　ああ？」

最初から凄みを利かせた声で吼える青年達に、門田は首をコキリと鳴らしながら口を開く。

「女のガキ二人に大の男四人で喧嘩売るたぁ、ちょいと面白いチームだと思ってな」

「……」

「ちょっとステッカー見せてくれよ。暴走ロリコン野郎って書き換えてやっから」

「うっぜ、死ね！」

門田の挑発の出だしも出だし。

あっさりと食いついてきたチンピラの一人が、門田の胸ぐらを掴み上げた。

次の瞬間、門田は自分の襟が引き寄せられるのに合わせ、自らの額を思い切り相手の鼻筋に叩きつける。

「ガッツ!? だッ……ぶあッ!」

突然の衝撃に顔をしかめるチンピラ。曲がった鼻から、一瞬遅れて勢いよく血が噴き出した。

「あぶねえな、いきなり人のデコに顔面で頭突きかますとはよ。頭蓋骨にヒビでも入ったらどうしてくれんだ?」

両手で顔を押さえて呻くチンピラを相手に、門田は額をさすりながら淡々と語りかける。

あくまで自分が被害者であるとでも言うかのような態度に、残る三人のチンピラ達は顔から軽薄な笑みを消し去り、怒りと警戒の籠もった瞳で門田に向き直った。

「てめ……おぁぁぁ――――――ぁぁぁぁっぁッ! ッ! ッ! ッ!」

「!?」

突然チンピラが絶叫を上げ、その場にいた者の殆どが声の方を振り返る。

するとそこには、股間を押さえながら呻く男が一人と、手にしていた鞄を両手で握りしめている体操着の少女。

何が起こったのかは、白目を剝きかけて下腹部を押さえ続ける男を見れば一目瞭然だった。

そして、その光景にあっけに取られた瞬間――

眼鏡をかけた大人しい外観の少女が、男達の乗っていたバイクの一台を踏み台として、スカートの裾が翻るのも構わず、真横に立っていた男の顎を爪先で蹴り抜いた。

彼女の靴は爪先に鉄板が入っている安全靴であり、名前とは裏腹に、チンピラにとって危険な凶器となる。

「ふべッ……」

一瞬ふらついた後に、男は足を縺れさせて転倒する。

これで残りは一人。鼻血を出していた男は狩沢と遊馬崎によって縛り上げられており、男自身が頭に巻いていた布地がそのまま拘束具となって手首をキツく締め上げていた。

「……て、てめえ……ら……覚えてろよ！　そこのバンダナ！」

女学生二人の方を一瞬だけギリリと睨みつけたが、無傷のチンピラは最終的に門田の方を向いて捨て台詞を吐く。

どうやら、年下の女二人にやられたのは無かった事にし、全て門田がやったという事にするつもりなのだろう。

逃げゆくバイクの背を見送った門田は、背後に振り返りながら一言告げる。

「おい、通報されてっとヤバイし、本当に仲間呼ばれても面倒だから逃げるぞ」

と、学生服と体操着の少女達に声を掛ける。

「あれ？　ええーっと……」

「門田だ。お前ら、臨也の妹だろ？」

「ええッ!?　イザ兄の知り合い!?　……あ、そういえば一回だけ会ったかも！」

素直に驚くマイルに対し、最初から兄の知り合いだと気付いていたのか、クルリは門田に向き直ると、深々と頭を下げながら呟いた。

「謝……　御……」

「いや、いいさ。俺らこそ余計な真似したかもしれねえからな……お前ら目立つからな、どっか行くんだったら、ツレに車まわさせっけど、どうする？」

「わあ、いいの!?」

「ま、北海道まで行けとか言われても無理だけどな」

苦笑しながら言う門田に、マイルは手をぶんぶんと振りながら問いかける。

「えっとねー！　私達、今日は一日池袋でブラブラする予定なの！　知り合いから連絡が入る筈なんだけど、いつ、どこに行かなきゃいけないかは電話が来るまでわかんないの！」

「……なんだそりゃ？　……まあいいや。後ろの二人が今日はお前らんとこの学生と池袋巡りらしいからよ、それにくっついてりゃいいんじゃねえか？　なあ？」

不意に尋ねられた狩沢達は、ほんの数秒考えた後に適当に言葉を返す。

「んー。別に問題無いんじゃないかな」

「問題無いっすよー。その子達、どことなく二次元キャラっぽいし」

「黙れ」

そんな経緯を経て、知り合いというには些か微妙な者達同士で行動する事になった昼さがり。

門田としても、少女達には何度かこのまま家に帰る事を勧めたのだが——どうしてもやる事があるという事なので、それ以上は敢えて追及しない事にした。

——ま、いざとなりゃ臨也に連絡して引き取らせりゃいいか。

とりあえずそう判断して頷くと携帯で渡草に連絡を入れ、少し離れた場所の喫茶店に連れて行き、車の到着を待つ事にした。


そして、暫く経った後——

渡草のバンに乗りこもうとした瞬間に、五倍程度の人数に膨れあがったチンピラ達のバイクが迫ってきて、反撃しつつの逃走劇が幕を開ける結果となった。

♂♀

現在——池袋某所　国道　渡草のバン内
「で、そのチンピラ、逃げたと見せかけて俺らの後をつけてたみたいなんすよ。それで、喫茶店から出た瞬間に大勢で追っかけて来てこの始末っす」
「全く、ヤンキー漫画だけを見て育ちましたって感じの連中だよねえ」

「それは違うっすよ狩沢さん！　ヤンキー漫画の主人公は殆ど弱きを助け強きをくじく漢気溢れる人達っすよ！　寧ろそういうのを教科書代わりにしてるなら、女の子を襲おうなんてしねーっす！」

「頭悪いから、教科書の意味わかんなかったんじゃない？」

「……それかーッ！」

数十台のバイクに追われているという危機的状況だというのに、狩沢と遊馬崎の会話は概ねいつも通り続いている。

「こ、これ、どうしましょう！　警察に通報を……」

恐る恐る尋ねる帝人に、門田が首を振って答えた。

「多分もうとっくに通報はされてる筈だ！　さっきちらっと白バイが見えた！　……問題は、警察が集まってくるまでの残り数分、逃げ切れるかどうかだな。この人数に鉄パイプでボコられたら、俺はともかくお前らはヤバイだろ」

「た、確かに……」

「安心しろ、お前ら学生連中だけは最低限逃がしてやらぁ。いざとなりゃ、警察署に直接つっこんでやらぁな」

運転席から響く聞き慣れない声に、帝人は少し安堵して頷きかけるが——

——ダメだ！

と、自分が先に助かるかもという感情を戒める。

——園原さんや青葉君と……そこの二人の女の子達は逃がさないといけないけど……。

——僕は、ダラーズの人達やセルティさんを置いて逃げるわけにはいかない……！

歯を食いしばりながら恐怖に耐えつつ、黄巾賊のアジトに乗り込んだ時や、初めてセルティに会った時の事などを思い出す。

——死ぬかもしれない……けど……でも、なんとかしないと……。

その時、拳を握る帝人の顔を見ていた青葉が怪訝な表情で声を掛ける。

「あの、竜ケ峰先輩、大丈夫っすか？」

「え？　あ、ああ、大丈夫だよ。御免、君達だけでもなんとか……」

「いや、そうじゃなくて……いや、なんでもないです」

「？」

歯切れの悪い青葉に疑問を抱きつつ——

帝人は、改めて窓から外を覗き込む。

セルティのバイクの横には何か黒いサイドカーのようなものが取り付けられており、やはりその上に何かの荷物を載せているように見えた。

「セルティさん……やっぱり、賞金を掛けられたから……」

ほんの一瞬。

ほんの一瞬だけ、セルティの姿を見て、少年は状況にそぐわない言葉を口にした。

「もう……気軽には会えなくなっちゃうのかな……」

♂♀

渡草のバンの横に併走するのは。暴走族に追われている黒バイク。

車の中は、巻き込まれただけの者も含め、やはり追われている者達ばかりだった。

セルティ、門田、渡草、狩沢、遊馬崎、帝人、杏里、青葉、クルリ、マイル。

総勢十名の逃走劇。

暴走族だけならば、セルティ一人でどうにでもなる面子ではあるのだが——彼女にとってネックなのは、蹴散らしている間に白バイ隊員達に取り囲まれる事だ。

——待てよ、いっそそうなれば、少なくともバンの中のみんなは保護されるかも……。

そんな事を考えつつ、セルティは背後を見渡した。

数は更に増え、頭上にはテレビ局のものと思しきヘリコプターが二機ほど滞空している。

——糞、みんなを死体遺棄犯の知り合いにさせるわけにも……。

——下手すればテレビ中継でみんなの顔が映る……！

門田達はともかく、杏里や帝人といった学生陣は、こうした事件に巻き込まれて顔などが映された日にはエライ騒ぎになるだろう。万が一自分や——これまでの抗争事件との関係が知られた日には、退学処分になる可能性もある。

——どうしよう。

——どうすればいい、どうすればいい!?

今までは——一人だった。

この街で運び屋の仕事を始めてからもう何年も経つが、これまではこんな事で悩んだ事は無かった。新羅も含めて、彼女にとって人間とはすべからく『他人』に過ぎなかったのだ。

仮に自分が捕まったとしても、何者かに殺されたり、正体を暴かれたとしても——所詮は一人。困るのは自分だけだ。

そう考えながら、淡々と仕事をこなしていた。

だが、今は違う。

一年前の事件を経て、新羅と他人では無くなった。

他にも、多くの人々と出会い、たったの一年で彼女を取り囲む世界の『関係』は一変する。

もはや、自分は一人ではない。

その事実が持つ枷の意味に、セルティはこの状況でようやく気付く。

——……。

頭の中に浮かぶのは、彼女と新羅の家で起きた、たわいの無い会話の数々。

♂♀

過去――数週間前　新羅のマンション

『池袋に降臨せし異国の妖精、セルティ！
首無し騎士の妖精――デュラハンの一人であるセルティは、盗まれた自分の首と記憶を求めて池袋に乗り込んだ！
だが、そこで彼女は新羅という青年と恋に落ち、自らの首を捜すと称して今日も人間との愛欲の日々へと溺れるのであった……！』

「……という基本設定を踏まえた上で、思うわけっすよ。セルティさんはツンデレとは微妙に違うって！　ツンデレと素直クールの中間にいる別種のタイプなんすよ！」

「えー。ゆまっちはツンデレを狭義に受け取り過ぎだよ絶対。ツンデレでいいじゃん」

「セルティさんはそれとは違うっすよ。どちらかって言うとセルティさんはチャキチャキとしてるっていうか……素直だけどクールにはなりきれない、江戸情緒溢れる姉御なんすよ！『姉御タイプの人が頼りない兄に甘える』的な……そう、『姉御妹』なんすよ！」

「ややこしいよう」

テーブルの代わりに置かれたこたつに足を入れながら、一組の男女――遊馬崎と狩沢がダラダラとした調子で議論を交わしている。

そんな光景を見て、隣接する食卓では別の男女による冷めた会話が繰り広げられていた。

『なあ新羅』

「なんだいセルティ。神妙な顔をして」

『あいつら、なんで人の家に上がり込んで、長々と私について語ってるんだ？　というか……いつの間に私の個人情報を知ったんだ？』

「いやあ、どうせバレるだろうから告白するとね。さっきバーでたまたま門田君達と出会って……そこで、遊馬崎君達が君の事を凄い凄いって噂してたから……」

『……』

「つい、俺の彼女だぞって自慢を……。これも絶対バレるだろうから言うけど、デートした時にあんな事やこんな事もしてくれたんだよって惚気話を……いやあ、お酒って怖いねえ……アイタタタ、何するのセルティ。やっぱりセルティはツンデレなのかいイタタタタタタタ」

『大丈夫、ツンデレとかいうのにあやかって、デレデレする前にちょっとお前を影でツンツンするだけだから』

「ていうかこれツンツンどころかザクザクって感じナンダケドオアアアイイイッッッ」

そんないつも通りの光景を見て、遊馬崎達はやはりいつも通りの会話を続けていく。

「ほら、やっぱりツンデレじゃん」

「いーや、ツンデレにしては二人はストレートに相思相愛すぎっすよ。寧ろ互いにソフトSMというか、セルティさんは精神的に攻められて岸谷さんは肉体的に攻められ……でもお互いそれを喜んでる感じはないから、きっと両方Sなんすよ！」

「ややこしいよう」

♂♀

そんな、本当になんでもない一件を思い出し、セルティは胸を揺らしてクツクツと笑う。

――『俺の彼女だ』、か。

――本当は……本当に、嬉しかったよ。

――浮かれすぎてたなあ。この一年。

――幸せすぎた。

セルティは即時に頭の中で自分の甘さに舌打ちをする。

散々自分自身に苛立ちを向けた後――

彼女は思った。

ただ、想った。

――ま、だからって……

セルティは影を三本目の腕のように操り、走行しながらPDAの文字を打ち込んだ。

――だからって、まあ……

そして、それを器用にバンと併走しながら、開いている窓から助手席の門田に投げ渡す。

――今更、捨てられないよな。

「……！　おい、黒バイク、これ……本気か？」

PDAを返しながら門田が尋ねるが、セルティは静かに親指を上に突き出した。

「……そうか。なあ、黒バイク、俺は、あんたの名前を知ってるが、あんたから直接聞いたわけじゃねえ。だからこう言うのもなんだが――」

セルティとは殆ど会話をしたことのない男が、真剣な目つきをして、親指を突き出し返しながら淡々と告げる。

「後でちゃんと礼を言わせろよ、セルティ」

その声を聞きながら、セルティは静かに覚悟を決め、徐々に心を静めていく。

——ああ、そうだ、誰だろうと、何だろうと、何時だろうと、私は繋がりを捨てられない。

——捨てられるものか。

——首を無くした今、私にはそれしか無いんだから。


決意と共に、セルティは音もなく手から鎌を生みだし——

背後を牽制するように振り回しながら、門田のバンと共に一つの場所へと向かう。

距離は大して離れておらず、運良く信号にも引っかからずに進み続ける事ができた。というよりも、先刻から暴走族達が各所で暴れ、一時的に一般車両が立ち往生している状態のようだ。

それが好都合だとばかりに、セルティ達はほんの一分程度で目的の場所——

池袋駅の西口と東口を結ぶ、線路の下をくぐるガード下にまで辿り着いた。

バンはそのまま停車せずに走り続けるが——

セルティは、その場で相棒をターンさせ、ゴムのタイヤとは異なる歪なスリップ音を響かせながらコシュタ・バワーを急停車させる。

背後から迫る数十台のバイク。

ヒントは、皮肉にも白バイだった。

そして今朝の自分と新羅のやりとり。

セルティはタイミングを見計らって巨大な影の鎌を振り上げ――
次の瞬間、
巨大な蜘蛛の巣のように――
セルティの鎌から延びた無数の縄が、ガード下のトンネル内に巨大なネットを生み出した。

♂♀

同時刻　目出井組系粟楠会　本部事務所

池袋に縄張りを持ついくつかの組織の一つである目出井組系の事務所、粟楠会。

最奥部の部屋には通常テレビなどで見るような、高級机に額縁、黒い革張りのソファーなどが存在する『いかにも』という部屋もあるのだが、入ってすぐの場所はいたって普通のオフィスのような造りになっている。

そんな、『オフィスっぽく』はあるものの、一体なんの仕事をしているのか一見しただけでは解らないような造りの場所で、幹部の一人である風本が静かに報告を聞いている。

「……それで、今は余所から来た族の連中が暴れ回ってる状態でして……」

「……うちがケツモチしてる店に手をださない限りは放っておきなさい。あとは国家公務員の皆さんが我々の税金でなんとかして下さいますからねえ」

まだ若いが、爬虫類を連想させる鋭い目をした幹部の男。

皮肉の込められた言葉を返しながら、部下に別の事を尋ねかける。

「それで？　例の……澱切の件はどうなってます？」

「はい、今、四木さんが例の闇医者ん所に行ってます」

風本は静かに指を頬に当てると、トントンと自分の顔を叩きながら言葉を続けた。

「私はね、どうでもいいんですよ。首無しライダーだの、化け物だの幽霊だの宇宙人だの、そういうオカルトの結論は。あってもいいし、なくても構わない事ですから」

「は、はい」

「ただねえ、問題なのは……私達が『処理』を任された女性アイドルの手で、うちの『社員』が四人も嵌められたという事でしてねえ。……普通なら、その四人がふがいないと怒るべきなんでしょうし、そのターゲットをどんな手を使っても始末する所なんですが……」

淡々と語る蜥蜴のような男を前に、部下である組員は緊張しながら尋ねかける。

「こ、今回は違うんですか」

「ええ……。依頼人が、よりによって我々に対して何か隠し事をして、結果として我々が危険にさらされたとなれば——その責任は、我々を『舐めた』依頼人に取って頂くのが筋かと」

周囲を凍りつかせる声で呟く男に、部下は冷や汗を搔きながら言葉を返す。

「そ、そうですよね。でも……あの女は、別に殺す予定じゃないって聞いてましたけど……」

すると、風本は一瞬視線を部下から逸らし、少しだけ声の温度を上げた。

「なんとも言い難い話ですが……確かに、依頼では『山に埋めてくれ』との事でしたが、我々は適当に海外か地方の『お得意先』にでも流す予定だったんですよ」

「は、はい。でもなんだって」

「……他言無用ですよ」

風本は今までで一番厳しい目をして釘を刺すと、次の瞬間には、椅子を回転させて部下に背を向けながら、何とも決まりが悪そうに真実を告げる。

「ターゲットの聖辺ルリですが、堅気の所へ嫁に行った娘に雰囲気がソックリだとかなんとかで、うちの組長が大ファンでしてね……あと、目出井組のお偉方にもファンが何人か……」

「は、はあ……」

やはり何とも言えずに微妙な返事をする部下に、風本は上の人間だけに恥を搔かせるわけにはいかないとばかりに、消え入るような声で呟いた。

「あと、その……私や四木も……ほら、まあ、彼女は普通じゃないぐらい美人ですから、ね」

♂♀

過去──前日深夜　羽島幽平のマンション

「自分が殺されるかもしれない、なんて……欠片も考えなかったんですか？」


押さえ込まれた男。

上にのしかかるのは、殺人鬼。

手刀で容易く心臓を貫く。ニュースではそう報じられていた。

絶対絶命の状況だというのに──その青年は、悲鳴一つあげなかった。

寧ろ、殺人鬼の方が振り上げた手を小刻みに震わせている状況だ。

ほんの数秒だったが、殺人鬼『ハリウッド』──聖辺ルリにとっては、何分もの時が過ぎ去ったように感じられる。

意識が何度も遠のく。

自分が自分でなくなるような感覚に何度も視界を歪ませる。

唇までをも小刻みに震わせるルリにとっては、耐えられない沈黙だった。

だからこそ、下にいる相手から口を開いてくれた事は彼女にとって何よりの救いとなる。

「……ひとつ、いいかな」

「……何」

「俺を今殺すとしたら、口封じの為かい？」

「……そうなるのかもね」

男——羽島幽平の淡々とした声を聞き、ルリは静かに目を逸らす。

——違う、こんなのは違う。

——口封じの為に誰かを殺すなんて……。

カタカタと全身を振動させながら、ルリは気付く。

自分が今、恐怖しているという事に。

吐き気と寒気が全身に襲いかかり、心までもがギチリと固まりそうになるのを実感する。

——そもそも、殺せない。

——私は、計算だろうと本能だろうと、多分この人を殺せない。

——この人だけじゃない。

——あいつら以外は、きっと私は誰も殺せない。

その時の彼女はどんな表情をしていたのだろうか。

下からルリの顔を見上げていた幽平は、やはり感情の薄い声で静かに告げる。

「だったら、やめておいた方がいいよ」

「……？」

妙な事を言い出す幽平に、ルリは眉を顰めて視線を落とす。

男の目はどこまでも冷たく乾き、その顔の裏側の心根を完全に覆い隠していた。

「ここの監視カメラに、君をこの部屋に運んでる俺が映ってる。勿論、君の事も」

「……！」

「カメラの映像がどこに送信されて保存されてるか、君には解らないだろ？　だから、口封じっていう意味で俺を殺すなら、あまり意味は無いと思う」

冷静に言う幽平に、ルリは震えを無理矢理抑えながら問い返す。

「……ただ、貴方を殺したいって理由だったら？」

「それなら仕方がない。殺されたくはないけどね」

あっさりと答える幽平。

成功者と言って十分であろう青年の言葉に、それでもルリは違和感を感じて口を開いた。

「……意外ですね。殺されたくはないんですか」

「まあね。ここで死ぬのは、ちょっとだけ心残りだ」

「……」

相手の言葉を聞き、ルリは目を丸くする。

何か奇妙な生き物のダンスを見たような印象を受け、動きを止めたまま小さく笑う。

震えと吐き気は止まらぬまま、自嘲の意味も込めて、ただ、静かに笑う。

「何か、おかしいかな」

「フフ……いえ……ロボットみたいな貴方が『心残り』なんていうの、変だなって思って……

マネキンみたいな貴方に、一体どんな心当たりがあるっていうんですか？」

「そうだね、映画の撮影が終わってないとか色々あるけど……」

少しの間、青年は無表情のまま真剣に何かを考え続け——

やがて、一つの結論を口にする。


「目の前で泣きそうになってる女の子を、何一つ助けてやれないまま死ぬのが一番の心残りだ」

全く感情の無い顔と声で、青年がその台詞を吐き出した瞬間、二人の間の時間が止まる。

「……」

「……」

幽平の目に感情はない。

だが、それ故に冗談やおためごかしを言っているようにも聞こえない。

暫く沈黙が続いた後、ルリが手刀を振り下ろさぬままゆっくりと口を開いた。

「それって、口説いてるの……？　それとも助かりたいから必死に私の機嫌取りですか？」

「どうかな。自分でも良く解らない。俺は、人の心が解らない奴だってよく言われるし、何を考えてるのか良く解らない奴だとも言われる。俺もそう思う。自分で自分が解らない。だけどね、知ってる事もある」

「……」

「助けを求めてる女の子の涙を止めようとしない奴は、男として最低だ」

もはや機械というのを通り越して、どこか超然とした印象を与える程に涼しい顔をする青年。

目の前の男は自分が見ている幻覚なのではないかとさえ思いながら、ルリは喉の奥から声を絞り続ける。

「それ……『カーミラ才蔵』の台詞ですよね……」

「ああ、俺の尊敬する人の一人だよ」

「尊敬って……自分の演じたキャラクターでしょ……？」

かつて目の前の男と別々の立場で仕事をした映画の事を思い出し、呆れたように言うルリ。

だが、幽平は全く動じた様子も無く、自分について語り始めた。

「そうだよ？　俺は、殺人鬼の役でも間抜けなチンピラの役でも恋するオカマの役でも、俺が演じてきたキャラクターは全員尊敬してる」

「……」

「俺は、感情が豊か過ぎる兄貴を反面教師にして育ったから、人として大事な物が色々抜けてるんだと思う。それは自分でも理解してる、だから――だから俺は、役者になった」

「え……」

「映画で俺が演じさせて貰う色々な『人間』から、人の心を分けて貰う為に」

恥ずかしげもなく、それでいて感情の薄い声で心について語る幽平。

自分が死にそうな状況で、誰にも媚びる事無くそんなことを語る男の姿を見て、ルリは静かに手刀を降ろした。

――ああ、逆だ。

――この人は、私とは逆だ。

――怪物になろうとした人間の私とは逆だ。

――この人は、怪物なんだ。

――この人は、人間になりたい怪物なんだ。

強い暴力を持っているわけではない。火を噴くわけでも、不死身なわけでもない。

それでも、ルリは眼下の男は、自分よりもよほど精神的に『異形』なのだと理解した。

ルリは、いつの間にか自分の双眸から涙が溢れている事に気付く。

それが悲しみによるものなのか、それとも別の感情によるものなのかは解らない。

――だからこそ、この人はきっと……私よりもずっと『人間』だ。

自分が捨てようとした物を、目の前の男は誰よりも欲しがっている。

その男に対して、自分は何を思えばいい？

憐れみか、共感か、嫌悪か、それとも別世界の住人として無視すべきか。

今の彼女には、それすらも解らない。

混乱。

捨て去ろうとしていた様々な感情が溢れ、溢れ、怪物の仮面を押し流す。

「……ごめんなさい。助けてくれた御礼も言わなかった」

幽平の体から下り、静かにベッドの横に腰をかけ、うつむきながら呟くルリ。

「……ありがとう。本当に……助かりました」

「いや、それはいいよ」

「どうして……？　そうよ、そもそも……どうして私を助けてくれたの……？」

「……いや……ほら、君が仮に『ハリウッド』だとしたら、だよ」

そして、ルリは気付く。

幽平の表情が、何故か一瞬だけ困ったような色を見せた事に。

「人間離れした動きをする君をこんな目に遭わせる事ができる人間を考えてて……その……」

つだけ答えて欲しいんだ」

「？」

「もしかして、バーテンダー服とサングラスをかけた人……関わってる？」

恩人の問いかけに、ルリは驚き入って顔をあげる。

頭に浮かぶのは、自分をベンチで空中高くまで殴り飛ばした本物の『怪物』。

「知り合い……なんですか？」

「……ああ、やっぱり……」

諦めたように溜息をつきながら、幽平は静かに立ち上がる。

「まあ、その件は今度詳しく話すよ。お詫びもしなきゃいけない」

「お詫び？」

何が何やら解らないといった表情で幽平を見るが、結局ルリはこの時点でその理由を聞き出す事はできなかった。

部屋のパソコンモニターに向かったトップアイドルは、そこで何かを確認しながら言葉を紡ぎ出す。

「ところで、一つ事後承諾があるんだけどさ」

「……なんですか？」

目の前の男に敬語で話すか、それともフランクな調子で話すか、今ひとつルリ自身にも掴みきれない。彼女はできるだけ相手を不快にさせぬように気を遣いながら会話を続ける事にしたのだが——

「実はね、君が気を失ってる間……誰かに後を尾けられてたみたいだ。岸た……さっき医者の人の話だと、どうにも堅気の人間じゃなさそうだって言ってたけどね」

「え……」

「だから、ちょっと勝手に保険をかけさせて貰ったんだ」

♂♀

羽島幽平所有マンション　入り口

「おい、出てきたぞ」

「男も一緒だが、どうする？」

「適当に眠らせとけ」

「静かにしろ……行くぞ」

そんな会話をしながら、作業着姿の男達が四人、路地の陰から顔を出した。

音も無く闇を駆け、周囲を警戒しながら、四人はターゲットである男女に接近する。

四人で囲み、あとは背後から押さえ込むだけの状況となり、男達は作戦の成功を確信し——

強烈なフラッシュとシャッター音によって、その行動は遮られる結果となった。

「!?」

突然の閃光に目を細める四人組。

彼らの目に映ったものは——

いつの間にか道路中に湧き出した十数人のカメラマンやレポーター。

そして、彼らの前で抱きしめ合っている男女のアイドルの姿だった。

——バカなッ……い、何時の間に!?

——お、俺達も顔を撮られたぞ！　今！

彼らは、周囲を充分警戒していた筈だった。

だが、それは特ダネを狙ったカメラマン達からしても同じ事だった。

雷のようなフラッシュが連続で光る中、ルリは恥ずかしがるように顔をうつむけ、幽平は手近にいたレポーターに対して感情の無い声で尋ねかける。

「どうして解ったんですか」

それを合図として、レポーター達が堰を切ったように二人の元へと駆け寄った。

このマンションに幽平しか入居していないのを知っているのだろう。夜中だというのにも関わらず、レポーター達の質問とフラッシュの勢いは止まらない。

「ついさっき匿名でタレコミがあったんですよ！」

「どうなんですか！」「いつから交際を」

「お二人の出会ったきっかけは――」「会見の予定は――」

「事務所はこのことを――」「結婚はいつ頃――」

「さっき、このマンションから白衣の方が出て行きましたが――」「彼は関係者ですか」

「くそ、見逃した――」「捜せ」「別チーム呼んで白衣の奴を捜させ――」

そんな声の羅列を聞きながら、ルリを拉致すべく待機していた四人の男達は完全に青ざめる。

この人数と騒ぎでは、自分達の写ったフィルムを回収するなど無理な話だ。

第一、こうなっては攫うどころの話ではない。

歯がみする男達を余所に、幽平は淡々とした調子で言葉を紡ぐ。

「申し訳ありません、夜中という事もありますので、後日説明をさせて頂きます。今日の所は、二人きりでゆっくりとドライブをさせて頂きます」

その後も幾ばくか説明を加えると、幽平はルリの肩を抱きかかえるようにしてマンションに戻り、数分後、車に乗っていずこかへと走り去ってしまった。

何人かのレポーターは後を追おうとしたが、今日は取材車両の殆どが大王テレビの影響で

『黒バイク』の騒動を報道すべく出払ってしまっている。

レポーター達と誘拐犯達を尻目に――

あまりにも堂々と、アイドルと殺人鬼は夜の街へと消え去った。

♂♀

現在――池袋　某ガード下

セルティが作り出したのは、実際に暴走族の検挙に使われる巨大なネットのような物だった。暴走するバイクを柔らかく受け止め、強制停車させる一品だ。

設置のタイミングが難しかったり、暴走族に事前に設置予定場所を偵察されていれば通じないという欠点もあるが、セルティの『影』はそれらを克服し、より凶悪なトラップとなって暴走族達を強制停車させる。

「ぐあぁッ!?　なんッツだこりゃあ！」

「つだあらあッ！」

次々と影の網に掛かるバイク達。

後続の車両はそれを見て次々と停車し、結果として、ガード下の片側に大量のバイクが詰まったような形となって、トンネルを境に安全地帯と危険地帯が区別された。

このまま逃げてしまってもいいのだが、それではなんの解決にもならない。

セルティは、このまま相手に自分という恐怖を植え付けるべきか――

あるいは、大人しく捕まって1000万円に換金されるべきかと迷い始める。

しかしながら、最重要事項であった、門田達のバンだけでも逃がすという作戦は成功した。

彼女はバンが無事に池袋駅の西側方面に走り抜けるのを確認し、あとはとりあえず天命に任せてみる事にした。

そして――池袋という街はこの瞬間、最高に休日を楽しもうとしていた。

♂♀

同時刻　車内

「よし、お前らはとっとと下りて逃げろ、駅の中ぁ通るか、すぐそこの警察署に駆け込むか……とにかく、突然巻き込まれて何がなんだか解らないって言っておきゃ大丈夫だからよ！」

トンネルを抜けて背後が見えなくなった所で、門田は後部座席の扉を開き、帝人達に声をかける。帝人は残ろうとしていたようだが、後続に押される形で強制的にはじき出される。

「っていうか、ドタチンはどうすんの？」

狩沢の言葉に、門田はほんの一瞬目を伏せ、次の瞬間小さな溜息をついた。

「セルティってよぉ。ありゃ、新羅の連れ添いだよな」

「あー、うん。もう見てる方が恥ずかしいぐらいのツンデレっぷりだよ」

「違うっすよ狩沢さん！『姉御妹』だってなんど言えば！」

そのままギャアギャアと喚く二人を余所に、門田は静かに運転席の渡草に話しかける。

「ったく。高校の頃は殆どつるまなかったからな……新羅がどういう奴か本当の所はわかんねえけどよ……、正直、ちょっとあの野郎が羨ましいよ」

そして、少しだけ楽しそうに微笑み、上機嫌のまま語り続けた。

「セルティか……。いい女だな。ああ、あれはいい女だ。そうだろ渡草」

「え？　黒バイクって女なのか？」

「……まあ、そういうこった。つーわけで、女にケツモチさせるわけにはいかねえ。そうだろ？」

何が言いたいのか察したのだろう。渡草はギアに手をかけながら、苦笑混じりに言葉を返す。

「……で、目的は黒バイクの回収と撤退か？　それとも助っ人か？」

対する渡草はニヤリと笑い——そう言いながら、既にエンジンを噴かし始めていた。

♂♀

ガード下

――さて、どうしたもんか。

セルティの影が張り巡らせた網の向こうは、ちょっとした暴動のようになっていた。

何人かは黒い網を破ろうともがき、複数の暴走族が集まっているせいか、中には殴り合いを始めている面子もいた。

「つきしょぉ！　もっと連れて来てッだろうが！　残り全部応援に回せ！」

「全部は無理っす！　駅前で……！　化け物みたいな白バイに大勢やられてるって……！」

「糞ッ！　っんだよそりゃあ！　総長に連絡は……」

「電話が通じません！　やっぱり、俺らだけで勝手に来た事にキレてんじゃ……」

「があああッ！　せめてこの黒バイクをぶっ殺して金貰わなきゃ気が済まねえ！」

――ええッ!?　私の賞金って生死問わずじゃなかっただろう!?

これはどうやら交渉の余地はなくなったようだと、このまま逃げる事も視野に入れて背後を振り返ったのだが――

そこでセルティは、背後の道からやって来る、暴走族達の別働隊の姿を見つける。

恐らくは無線でかき集められたそれぞれのチームの残党だろう。

白バイから運良く逃げおおせた一部のバイクが次々と反対側から回りこんできたのだ。

――くそ……このまま反対側にもネットを張って籠城……したら、暴走族がいなくなった後に警察に囲まれる私の図⁉　この荷物の中身が言い訳できない……ッ！

すると――

そんなバイクの群れの後ろから、一台のバンが戻ってくるのが見えた。

――あいつら⁉　逃げろって言ったのに！

恐らく、中にいた学生達は逃がしているのだろうが、セルティとしては門田達も同時に逃げて貰うつもりだったのだ。

彼らの行動に一瞬戸惑い、ほんの僅かな間だけ固まっていたのだが――

バイクを捨て、影の網をくぐり始めた暴走族の姿を確認し、慌てて背後に向き直る。

セルティは刃の無い巨大な鎌を再び生みだし、それを用いて撃退しようとするのだが――

それよりも先に、奇妙な違和感に気が付いた。

自分の跨るバイク。

その横に――見覚えの無い影が立っている。

恐る恐るそちらに意識を向けると――そこには、顔面に厚く包帯を巻いた、ミイラ男のような顔面の男が一人、立っていた。

セルティの横のサイドカー。

今や空となった黒いバッグの中に足を踏み入れつつ——

『荷物』だった男は、淡々とした声で呟いた。

「……ここは私に任せて……君達は、逃げたまえ」

♂♀

過去——半日前　露西亜寿司　店内

「……ったく、厄介な怪我人を持ち込んでくれやがって」

池袋では既に馴染みとなっている、二人のロシア人が経営する寿司屋の内部。

店じまいになった後の店内には、魚とは違った生臭さが広がっていた。

奥にある座敷にシーツが敷かれ、その上には顔面を破壊された男が白衣の闇医者——岸谷新羅によって治療を受けている所だった。

「治療費は20万円貰うよ」

「まけろ」

「まからないね。この急患のおかげで、聖辺ルリとの一時を失ったんだからね」

「何をわけの解らん事を……」

白人の店主と新羅が言い争っている所に、横で見ていたサイモンが割り込んだ。

「オー、二人とも喧嘩良くない良くないヨー。エゴールの傷、痛いノ痛イノ飛んでケするのが先ダネ。お願いもース。現役合格100%ネ!」

「はいはい。まあ、とにかくお金を用意しといてねっと……。ところで、エゴールってこの患者の名前かい?」

「まあな。ロシアにいた頃に同じ組織に居てよ……まあ、どうでもいいだろそんな事ぁ」

そんな会話を遠くに聞きながら——折原マイルは、店のカウンターの前で姉と肩をならべ、自らの携帯で何処かに電話をかけていた。

「……。あ! 出た出た! もしもし、イザ兄? あのね、ちょっと聞きたい事があるんだけど! ねえ、セルティ・ストウルルソンって名前に聞き覚えってあるかな?」

札束の入った封筒の名前を見ながら、マイルは期待に胸をふくらませて返事を待つ。

だが——

「……。……へ? お前達にはまだ早いって何? なんか知ってんだイザ兄! やっぱい!

超ヤバイよ！　ズルイズルいズールーイー！　……あッ!?」

マイルは信じられない表情で受話器を見つめ、苛立たしげに地団駄を踏み鳴らした。

「……何？」

「つかー、もー！　信じらんない！　イザ兄の奴、電話切った！　ええっと……しょうがないなあ……。じゃあ……」

ムスリとしながら、マイルは静かに携帯電話を握り直し――

先刻とは別のアドレスを選び、不敵に笑いながら発信ボタンを押し込んだ。

♂♀

現在――池袋駅側

「あああ、竜ヶ峰先輩も園原先輩も、どこに行っちゃったんだろう」

バンから降ろされた直後――

帝人は『園原さんと、その女の子達をお願い！』と言って何処かに駆け出し、青葉が気付いた時には、杏里の姿も何処かに消えてしまっていた。

「……にしても、竜ヶ峰先輩、やっぱり……。いや、今はいいや」

周囲を見回しながらオロオロする青葉の背後には、クルリとマイルが手を繋いで立っている。

「行？」

「んー、とりあえず様子見かな？　どうなっちゃうのかわかんないけど、まさかあんなに近くで見られるなんてね！」

「……」

真剣な表情でガード下に向かう道を見つめているクルリ。

それとは逆に、カラカラと爽やかな笑いを振りまきながら、マイルも独り言を呟いた。

爽やかさの中に、ほんの一欠片だけ毒の色を混じらせて。

「さーて……私達、ちゃんとセルティさんに御挨拶できるかな？」

♂♀

過去――半日前　露西亜寿司　店内

「うう……」

座敷の方で目を覚ました男が、ぼんやりとした目で周囲を見渡す。

「あ、目が覚めたね」

最初に彼の目に映った男を見て、覚醒しきっていない頭が一つの名前を口にする。

「……シンゲンか？」

「えッ？」

突然父親の名前を呼ばれ、新羅はとまどったように相手の顔を見る。もっとも、顔といっても今は殆ど包帯で覆い隠されているのだが。

「……おお、すまない。人違いをしたようだ……」

「……」

新羅は中腰で相手を見下ろしたまま、暫し何事かを考え込んでいたようだが――

不意に立ち上がると、電話を取り出しながらカウンター席の方へ足を運ぶ。

と、入れ替わりに少女が二人ぱたぱたと走ってきて、新羅と入れ替わりで座敷に足を踏み入れた。

「丈……？」

「ヤッホー！　元気になった？　お兄さん！　良かったね！　大丈夫大丈夫！　今の整形技術って凄いんだからさ！　それにその包帯姿もちょっとかっこいいよ？」

「おお……貴女達には御礼がまだでしたね。ありがとうございます」

包帯の隙間から鋭い眼光を光らせるが、あくまで紳士的な態度のエゴール。

知人の命に別状が無い事に安堵したのか、サイモンと店長とエゴールの三人は、何やらロシア語で流暢に会話を進めていく。

「××××」「××」「×××××」「××！」

そんな会話が暫く続き、店長の顔が徐々に深く曇り始めた。

「どしたの？」

マイルが尋ねると、店長が呆れたように答えを返す。

「それがな……こいつ、今殆ど無一文なんだとよ」

「……申し訳ない。ついさっき、仕事をしくじってしまってね……前金を貰っておけばよかったと後悔しているよ……」

「つーか、どうすっかな……20万なんて大金簡単に渡しちゃ、明日の仕入れが……いや、明日はいっそ休むか……でもな……」

「オー、休み、イイネー。明日は寿司撲滅記念日ヨ、ラーメン食いねえモチ喰いネえ」

「巫山戯た事を抜かすな」

ブツブツと苛立ちの言葉を吐き出す店長を余所に、マイルは静かに座敷の上にしゃがみ込む。

「ねえねえ」

クイクイとエゴールの裾を引く少女に、彼は静かに首を傾げた。

「……？　なんですか？」

訝しげに問う怪我人に対し、マイルは天使のような微笑みを浮かべ、一言。

「そのお金……立て替えてあげよっか？」

♂♀

現在——池袋駅　某ガード下

セルティは混乱していた。

突然彼女が運んでいた『荷物』が目を覚まし、迫り来る暴走族達を素手で牽制し始めたのだから。

それは、『滑らか』という表現を遥かに超える動きだった。

まるで人の形をした煙が、風に乗って男達の間を流れているかのような動き。

すれ違ったと思った時には既にその男は転んでおり、まるで自分一人で数十匹の猿に踊りを教えているかのようだった。

何が何やら解らず、セルティはバンの方に目を向ける。

門田達は無事だろうかと心配しての行動だったが——その先に、更なる心配の種を見つける。

ガード下に向かってくる下り坂の中腹で、こちらに向かって全力疾走してくる人影を。

――帝人君!?

勢いよく駆けてくる少年に対し、セルティは身振り手振りで引き返せと合図を送ろうとしたが、自分も現在それどころではない上に、仮にこの動きで相手が帝人に気付いてしまえばそれまでだ。

そして、更にその後方――

車道を挟んだ反対側に、眼鏡をかけた胸の大きい少女の姿を見る。

――杏里ちゃん!

確かに、杏里は強い。

妖刀『罪歌』の力をフルに使えば、恐らく自分よりも凶悪で強力な存在となるだろう。

――でも、そんな場合じゃないでしょうに!

彼女は自分が『罪歌』である事を隠しながら生きている。それを、こんな町中――下手をすればテレビに映るかもしれない状況でその力を発揮しては――

そんな事を混乱する頭で考え続けたセルティだったが――

池袋の休日は、更に彼女を混乱させる。

ガン、という激しい音がガード下に響き渡り、その場にいた者を一斉に振り返らせる。

セルティの生みだした網の向こう、数十台のバイクを置き去りにした暴走族達が、黒い網を突破しようとしているその背後。

そこには、まるで車に跳ね飛ばされたかのように解体されたバイクと——

バイクから取り外したエンジンを片手で弄ぶ——

首から上が存在しない、中世風の甲冑騎士の姿があった。


——へ？

混乱が襲う。

混乱が襲う。

——なか……ま……？

彼女が最初に考えたのは、自分と同じ種族が池袋の街に現れたという可能性。

確かに、アイルランドに居た頃は、自分と同じような『デュラハン』の気配をいくつか遠くに感じる事ができた。

だが、何故、今ここに現れるのか？

セルティの中に新たな疑念と混乱が巻き起こるが——そうした混乱を加速させる現象は、かえって彼女の頭をクールダウンさせる。

――いや、この気配は……『私達』の気配じゃない……。

――でも……人間の気配に……何か混じって……。

そこまで考えて、セルティは静かに思い出す。

これと同じ気配を――

つい数時間前、午前中の仕事の中で感じとっていたという事を。

――この気配は……ッ！

――あの、午前中に、、、、、、運んだ……！

♂♀

数時間前　池袋某倉庫

池袋の市街地からかなり離れた所にある倉庫街。

その中の一つ、現在は空き倉庫となっている倉庫の中で、セルティはその依頼人と出会った。

依頼人は初めて会う人間であり、平和島静雄に紹介されたそうだ。

――静雄が紹介するなんて珍しい事もあるもんだ。

相手は顔をマフラーや帽子、サングラスで隠した女性であり――依頼は、自分を指定された住所まで運んで欲しいという物だった。

なんでも、どういう理由かは明かさなかったが、暴力団に狙われているらしく、道中で彼らによる擬似的な検問のようなものを張られているかもしれないとの事だった。

セルティは、最初はどうしたものかと思ったのだが――

彼女から感じる『気配』を感じ取り、セルティはふと尋ねかける。

『貴女は、もしかして、ちょっと特別な力を持ってたりしませんか？』

「……えッ？」

驚いたのは、顔を隠した女――聖辺ルリの方だった。

彼女は、目の前にいる黒バイクをマジマジと凝視する。

今後の事を考える為にも、一旦自宅に戻って準備をしようと決意したルリ。

だが、自分も顔が知られている存在である以上、町中で下手な騒ぎを起こすわけにはいかなかった。

――もしかしたら……あの白人がいるかもしれない。

彼女が昨夜『ハリウッド』として街に出たのは、自宅に来た一本の電話だった。

『お前の秘密を知っている。映画でも見ようじゃないか、ハリウッドのモンスター映画をな』
というメッセージと共に、あの公園の時間と場所が指定されており——そこで、あの殺し屋らしき男と——本物の怪物（かいぶつ）に出会った。

今となってはどうでもいい事だが——幽平（ゆうへい）によると、その怪物は彼の身内である可能性があるらしい。

だからこそ、負い目を感じて自分を助けてくれたのだろうか。

そんな事を考えていたルリに、幽平は淡々（たんたん）と一人の人物を紹介してくれた。

幽平から『兄貴（あにき）がよく俺に話してくれる運び屋がいるんだ。兄貴にちょっと連絡取（と）れないか頼んでみるよ』と言って、現在こうして引き合わされた黒バイク。

何から何まで異常な存在ではあったが——どうして自分の事を見透（みす）かされたのかと不思議（ふしぎ）に思う。

自分の体が——人間のそれではないかもしれないという事を。

♂♀

過去——前日深夜（しんや）　露西亜寿司（ロシアずし）

とある闇医者親子の通話。

「で、どういう事か説明してもらおうかな、父さん」

『……偶然というのは時に本当に腹立たしいな。臨也君の気持ちが少し分かったよ』

「？　まあいいから、なんで、そのロシア人と父さんが知り合いなんだい？」

『……彼はまあ、その、ちょっとした何でも屋のようなものでね。正体を知る物は誰もいないという触れ込みになっている謎の男だ。そんな男とパイプを持ってる私とネブラは凄いだろう。少しは父の威厳を感じ取って貰えれば幸いだ』

「要はハッタリを利かせた殺し屋かなんかって事だね。で？」

『……面白みの無い子に育ってしまったものだなあ。まあ今はそれは置いておこう。彼に依頼したのは——ある女性の捕獲だよ』

「ある女性？」

『うむ……殺人鬼「ハリウッド」と言えば解るかね？』

「……」

『あの事件にはどうも、セルティ君や罪歌のように何か異形めいた要因があるとして、独自にネブラで調査していたのだが——セルティ君のような何らかの「異形」の「血」が数代前に存在したという女性に辿り着いた。その化け物自体は、人間に混じりながらその力で財産を築き上げたらしいがね。隔世遺伝なのか代々通じていたのかは解らんが——そうした要因が顕現したのではないかという話になってね。警察なんぞに捕まって死刑になるよりは、我々が保護して色々切り刻んだり注射したりして素敵タイムを味わおうという魂胆だったのだよ、ＯＫ？』

「……父さんはもう少し、色々なものを自重した方がいいと思う」

『ふむう、新羅に言われると少し心外だね。まあ、それはともかく。……正直な話……ネブラの観察者の話では一般人に殴られてあっさりと負けていたそうなので、そんな程度では検体にもならんとのお達しが来てな。もう無視して構わんのだよ』

「あのさ、その女の子って……もしかして、聖辺ルリって名前じゃない？」

『何故知っている⁉　さては新羅、お前私の心を読んだな！　セルティと共にいすぎて自らも特異な能力に目覚めてしまッ——ツー　ツー　ツー』

♂♀

過去——当日午前

指定されたマンションの前まで依頼人を運び終え、上機嫌でＰＤＡに文字を打ち込んだ。

『お疲れ様でした』

——道中、何事もなくてよかった。

——やっぱり、あんまり賞金の事なんて気に病む事はなかったんだ。

鼻があれば鼻歌でも歌い出しそうな程に浮かれているセルティに、依頼人の女性はぺこぺこと何度も頭を下げながらこちらに礼を言ってくる。

「あ、あの、本当にどうもありがとうございました……！　それで、お金ですけれど……」

『いいえ、今回はサービスにしておきます』

「えッ……？」

『ちょっと、嬉しいんですよ。この街で、貴女みたいな存在と会う事なんて殆ど無いですから』

再びその話が持ち上がり、ルリの心が好奇心によって僅かに揺れる。

「あの……って言うことは……その」

口にするのが少しばかり恥ずかしかったが——思い切って尋ねかけた。

「貴女は……テレビとかで噂になっていた通り……人間じゃ、ないんですか？」

『はい、証拠をお見せしましょうか？』

ばかばかしい程にあっさりと肯定した首無しライダーは、自らが化け物である事が寧ろ誇らしいとでも言うかのように、己のヘルメットを取って見せた。

数分後——

セルティが去り、無事に部屋に戻ったルリは、鏡の前に立ち、自分の顔をマジマジと眺める。

顔色は良くないが、不健康という程ではない。

体の中から既に鈍痛が消え去っており、自分の体が普通ではないと再認識する。

傍にあった20キロの鉄アレイを片手の小指で弄びながら、自分の『力』が普通ではないと再確認する。

人間ではない。

化け物にもなりきれない。

その間に位置する『何か』。

「あはッ……」

それが自分なのだと理解する度に、今までは陰鬱な気持ちになっていたが——

今日は、不思議と笑いがこみ上げてきた。

「アハハハハハハ！」

今までの人生で初めてだというぐらいに楽しそうに笑い、セルティと名乗った首無しライダーの姿を思い出し、涙を流しながら、笑う。

——ああ、なんだ。そういう事か。

――この世の――この世の心は広いんだ。

――化け物だって、怪物だって、人生を楽しめるんだ。

――私でも、幽平さんみたいな人でも、あの首無しライダーの人でも！

――どうして……どうして今まで私は……！

――私は……！


数時間後。

ようやく笑いと涙を止めたルリは、何気なくテレビを点ける。

するとそのニュース番組では、丁度『池袋の怪人に賞金一千万円？』というニュースが報道されている所だった。同時に――その賞金を求めて、池袋の街に無数のチーマーや暴走族が屯し始めて一触即発状態になっているという事も。

「……」

そして、彼女は――家の奥にある『更衣室』へと足を向けた。

更に一時間後。

ルリがその衣装を纏って家を出ると、如何にもといった外見の男達が四人立っていた。

「聖辺ルリだな……。……。……な？　なッ、おい、なんだその巫山戯た格好うごぉぉッ⁉」

彼女は四人をそれぞれ一撃ずつ、手加減をした拳をみぞおちに突き入れて黙らせる。

肋骨が折れたかもしれないが、気にする事は無く——

『ハリウッド』と呼ばれる振り切れた怪物は、これまでに無い爽快な気分で、マンションの五階の通路から飛び降りた。

高らかに、高らかに笑いながら。

奇しくもその姿は、一年前にビルの上から駆け降りた、首無しライダーの姿を想像させた。

♂♀

現在——池袋某所　ガード下

セルティは、突然現れたその『存在』に目を丸くし、ゆっくりとそちらに足を向けるが——

首無し騎士は静かにこちらを向き、ゆっくりと親指を立てて見せる。

それでも何か言おうとしたセルティに向かい、彼女はセルティだけに聞こえるような小声で、ただ一言だけ呟いた。

「……サービスの御礼ぐらい、させてください」

「……」

セルティが動きを止めるのと同時に――『首無し騎士』に扮した『ハリウッド』がアスファルトを駆け始める。

エゴールとは全く正反対で、その動きは鉄の塊が直線的に進む光景を想像させる。

手加減しているのかいないのか、バイクが蹴りの一撃で吹き飛び、手刀はエンジンを抉りだし、振り降ろされた鉄パイプを片手で受け止めグニャリと曲げる。

圧倒的な『恐怖』を暴走族達に与えながら――

『ハリウッド』は、心の中で小さく小さく歌い上げる。

アイドルとしての顔では絶対に歌う事の無い、自分の為だけの歌を。

――私は怪物、私は人間。

――どちらでも構わない。どちらでも構わない。

――人生は選べない。始まりも、結末すらも選べない。

――生き方を選ぼう。私はただ、生き方を選ぼう。

――今朝の運び屋さんにしてもらった事は――

――私にとっては、全財産以上の価値がある。

――例え明日までの命だとしても、

——例え千年生きるとしても、

——怪物として、人間として、

——抗おうとも、受け入れようとも、

——ただ、その全てを楽しもう。


『ハリウッド』は叫び出したい衝動を全て胸の内に抑え込み、ただ、ただトンネルの下を縦横無尽に駆け巡る。

バーテン服の男。

羽島幽平。

セルティ・ストゥルルソン。

この、たった24時間の間に出会った、三人の『怪物』達に、感謝と敬意を表しながら——

彼女はただ、『ハリウッド』という名のダンスを踊り続けた。

♂♀

突然現れた怪人達に驚いてるのは、暴走族やセルティだけではなかった。

バンから下りようとしていた門田達も、それを走って追ってきた帝人や杏里さえも、突然の乱入者に目を丸くしてその動きを止めている。

全く異なる動きをする二人の怪人が、物凄い勢いで暴走族達を無力化させていく。

「ま、こいつらは多分『ＴｏＴ羅丸』とかの中でも本隊に入れなかった下っ端連中だろうけどよ……それにしたって……いや、これ、何が起きてんだ？」

バンの中で門田がぼそりと呟いたが、それに答えられる者は誰もいなかった。

セルティは、この状況で自分がどう動くべきか迷いつつ、自分も影の縄で暴走族達の手足を縛り上げたりしていたのだが――

いつの間にか横に立っていた包帯男が、セルティの耳元にそっと呟いた。

「早く、母を、お願いします」

――母？

一瞬意味が解らず、相手の顔を見返したのだが――その瞬間、言葉の意味を理解する。

包帯の隙間から見える男の目は――充血によって真っ赤に染め上げられていたからだ。

――罪歌⁉

セルティは驚きながら杏里の方を振り返るが――彼女もまた、困ったようにトンネルの入口で立ちすくんでいるだけだった。

そして、目の前の二人だけでも充分にこの場を切り抜けられ、なおかつ二人とも誰一人としてやり過ぎていないという事を確認し、セルティは最後まで事態を理解できぬまま、二人の怪人に任せてその場を離脱する事にした。

最後に彼女は、ＰＤＡに素早く文字を打ち込み、影を伸ばして怪人達にそれぞれ画面を見せつける。

『二つだけ、アドバイスさせてくれ』

それは、怪人達にとっては本当に皮肉となる忠告だったのだが――

『白バイが見えたら、どんな事があっても逃げろ。奴らの中には、化け物がいる』

セルティにとっては、その二つこそが何よりも重要な事だった。

『もう一つは、話ぐらいは聞いてるかもしれないが――』

ただし、その忠告は、ほんの一日ほど遅かったのだが。

『バーテン服の奴には絶対に喧嘩を売るな。絶対だぞ！』

♂♀

セルティが門田達に合図を送り、危険地帯を離脱する。

彼女は杏里を背中に乗せ、門田達は帝人をバンに引きずり込んでガード下を後にする。

最後に影で作ったネットを回収させたが、既にそれは意味を成しておらず、チンピラ達の乗るバイクはただ二人の怪人から逃げまどうだけだった。

その光景を遠くから見つめていた黒沼青葉は、首を傾げながら独り言を呟いた。

「……えーと……。一体、何がどうなったの？」

しかし、背後にいる双子もそれに答える事はできずに、互いに顔を見合わせて首を傾げ合っている。

もっとも、この事件に関わった誰一人として、事態を完全に把握している者はいなかったのだが。

♂♀

数分後——

ほうほうのていで怪人達から逃げ出した暴走族の面々が、白バイ達に見つからぬようにコソコソと街の中を移動する。

無線を聞くに、既に多くの仲間が白バイ隊に逮捕されたようだ。

「くそッ……このままじゃ地元に帰るに帰れねえ……総長に殺されっちまう」

縞模様の特攻服を纏う、今回の遠征組のリーダーらしき男は、周囲に集まった十五名ほどの面子に声をかける。

この大人数で走っていれば数分後には警察に見つかる事になるだろうが、今の彼らにはそこまで気を回す余力はない。

「せめて、ここを地元にしてるチームに俺らの力ぁ見せつけてやらねえとよ……」

自分達のダメージも考えず、彼らはただ歪な自己顕示欲に動かされて街を走る。

そして、サンシャインに程近い道に来た所で——地元のチンピラ風の男達を見つけ、歩道脇にバイクを止めながら威圧的に声をかける。

「おい、お前ら。ちょーっと聞くけんどもよォ。この辺のシマでハバぁ聞かせてるチームってのは何てとこよ」

声を駆けられたチンピラ風の男達の一人が、少し考えた後に言葉を紡ぐ。

「この辺だと色々あっけど……族なら粟楠会の下請けの『邪ン蛇カ邪ン』か、走り専門の『屍龍』じゃねえか？　ヤベエ白バイが来てから活動は控えめになってるけどな」

「おし、テメエら、どこに行けばそいつらに会えんのか案内しろや」

「もしかしてそいつらに喧嘩売る気か？」

「ツんけーねーだろ！」

凄んでみせる特攻服の男だったが、チンピラの一人が首を振る。

「お前らさ、埼玉の『Ｔｏ羅丸』だろ？　あのよぉ、お前らの総長はよぉ、そういうの好きじゃないだろ？　あそこの総長は女好きだけどよ、一本筋を通した奴だって聞いてるぜ？」

「っせぇ！　総長は関係ないんじゃぁ！」

「あの黒バイク捕まえて金を手に入れりゃ、俺らがそれを上納金にして独立できる筈だったんだよ！」

「……お前ら、１０００万円ただで手に入れて、それをわざわざヤクザに渡すの？　マジか？　俺ならそんな金あったら自分で好きなだけ使っちまうけどなあ。そんだけ金あれば暴走族になる必要無いじゃん。走るの好きならマシン買えばいいべよ」

挑発しているのか、それとも心底親切心で言っているのか、ドレッドヘアーのチンピラは、ただ淡々と彼らに対して忠告を続けている。

「……ってつめ！　俺らをペンコロ風にディスろうってのか？　ああ!?」

余所者の彼らにとって、地元のチンピラとの喧嘩は遺恨など殆ど残らない。

こちらに乗り込まれる心配も殆どない状況で、苛立ちをそのまま暴力へと変えていく。

「ペンコロってなんだ？」

「トムさん、もうほっといて行きましょうよ。俺、腹減ったっす」

「あー、そうだなあ。所長も夕飯ぐらい奢ってくれりゃいいのによお……」

全く他人事と言った調子のチンピラ達に、ついに暴走族達の堪忍袋の緒が切れた。

「ツメエら……俺らぁ無視してんじゃねぇぇぇぇーッ！」

バイクに据え付けてあった鉄パイプを取り出し、それを思い切り振り下ろす。

「うお、ッぶねーなあ」

ドレッドヘアの男はそれを綺麗によけたのだが――

鉄パイプはそのまま振り下ろされ、昼間にセルティの運ぶバッグを裂いたように――

横にいたチンピラのバーテン服の袖を切り裂いた。

「あッ」

「俺の服を……」

静かな声で、バーテン服の男が呟いた。

既にドレッドヘアーの男は遠くまで離れており、暴走族達の冥福を祈るように十字を切ってから柏手を打った。

次の瞬間――

ヒョイ

目の前の光景に擬音を付けるとするならば、まさに『ヒョイ』というものが相応しかった。

その男は、それほどまでに軽々と片手で人の乗ったバイクを一台持ち上げ――

野球のボールをパスするような感覚で、他の暴走族達に投げつけた。

そう、暴走族達は知らなかった。

池袋で、絶対に喧嘩を売ってはいけない人間の存在を。

例え殺し屋だろうが殺人鬼だろうが大統領だろうが宇宙人だろうが吸血鬼だろうが首無しの化け物だろうが、絶対に絶対に喧嘩を売ってはいけない人間の存在を。


そして、『雷の音』が訪れる。


「弟から貰った服を……ってっめえらぁ――――ッ！」

バーテン服の男は手近にあった街灯を引っこ抜き、それをバット代わりにして、暴走族達に向かって思い切り振り抜いた。

雷のような音が響き、バイクと人が宙を舞う。

そんないつも通りの光景と共に、池袋の街は休暇を終える。

『街』が今回の休暇を楽しんだのかどうかは解らないが――

何はともあれ――
今日も、池袋の街は平和だった。

エピローグ epilogue

エピローグ1 内緒話

折原臨也、復活！

チャットルーム

折原臨也『この前の集団暴走事件とセルティ達の事で聞きたい事がある』
九十九屋真一『お。来たか。いらっしゃい』
折原臨也『挨拶は結構だ。……結局の所、あの時、何が起こってたんだい？』
九十九屋真一『へえ、お前が事件に積極的に関わってないなんて珍しい』
折原臨也『茶化すのはやめてくれ。それなりの代償は払う』
九十九屋真一『ハハ！ まあ報酬の件は後でいいさ。実際の所、俺も話したくて仕方ない』
折原臨也『裏で粟楠会が動いていたのは知っているよ。その目的は解らないけどね』
九十九屋真一『ああ、あれはねえ。人を一人消す為に動いてたんだ。そのおかげで、余所から来た暴走族に好き勝手やらせてた。何しろ失踪しただけで大変な騒ぎになる相手だからな』
折原臨也『誰だ？』
九十九屋真一『聖辺ルリ。名前ぐらいは知ってるだろ？』
折原臨也『知ってる。が、何の冗談だ？』
九十九屋真一『冗談？　おやおや、情報の真偽すら見抜けない程にフヌけたか？　なんだ？新展開になった途端にへたれ化が進むライバルキャラか？　折原飲茶とでも呼ぶか？』
折原臨也『依頼主は』
九十九屋真一『澱切陣内。澱切シャイニング・コーポレーションの代表取締役のね』
折原臨也『何故、自分の所のトップアイドルを殺す必要がある？』
九十九屋真一『さあねえ、俺がその辺の事情は追及しない事は知ってるだろう？』
折原臨也『……』
九十九屋真一『ただ、澱切は一つミスを犯した。粟楠会を利用しようとしたまでは良かったけど、結局それが粟楠会に取って裏切りと受け取られた』
折原臨也『へえ……』
九十九屋真一『そりゃあねえ、相手が「ハリウッド」だって言わないで始末を頼むなんて、組員を自殺に向かわせるようなものだからね。結果として、澱切社長は現在行方不明で奴の芸能事務所は上へ下への大パニックだ』

♂♀

東中野　芸能事務所『ジャックランタン・ジャパン』オフィスビル内

結局の所——初日の大騒動のみならず、その後数日間、池袋は黒バイクを捜す人々でごった返し続けた。更に、この数日間、黒バイクの偽物と思しき『首無し騎士』が出没し、池袋の街は一時期混沌とした状況となった。

買い物客や観光客が増えたというには些か迷惑行為が多すぎ、結局警察から抗議が入る形で賞金は撤回される形となる。

撤回の広告や各種お詫びなど、大損と言ってもいい金額を浪費するハメになったのだが——

『ジャックランタン・ジャパン』の社長はほくほく顔で口を開いた。

「素晴らしい……おい！　誰か拍手をしろ！　素晴らしいぞ！　俺は今！　確実に素晴らしい！　拍手！　声が小さい！　もっと拍手！　祝福だ！　俺は祝福するぞ！　スキャンダルも何もかも呑み込んで、俺は今、お前ら二人を祝福してやる！」

事件から数日後——

会議室の中で、社長にクラッカーを三十連発で放たれているのは、相変わらず無表情なトップアイドルと、陰のある美しさを持ったトップアイドルの男女だった。

何があったのか、彼らは与り知らぬ事であったが——聖辺ルリの所属事務所の所長である澱切が謎の失踪を遂げた。

事務所は大パニックになったのだが——そんな中、真っ先に移籍が決まったのが聖辺ルリであり——移籍先は『ジャックランタン・ジャパン』。

発表当初は様々な憶測が並べ立てられ、彼女と羽島幽平のスキャンダルにショックを受けて樹海に消えたのではないかという噂話まで流れた程だ。

しかし、元々評判の良くない男だったという事もあってか、世間はすぐに事態を受け入れ、聖辺ルリの新しい出発点を祝福し始めた。

マックス社長は上機嫌で散々自分と会社を褒めた後、『あとは若い二人に任せて』等と言いだし、マネージャー達を引き連れて会議室を出て行った。

ちなみに臨時マネージャーの金本は、自分が担当している間に幽平のスキャンダルが発覚した為にストレスで寝込んだらしいが——それはまた別の話。

残された二人。

場を切り抜ける為に偽の恋愛関係を作り上げた男女は、暫し沈黙の中に包まれる。

今回静寂を打ち破ったのはルリの方で、相変わらず無表情な幽平に、どこか柔らかい微笑みを浮かべながら語りかけた。

「あの……言ってなかった事……ありますよね……」

「何かな？」

「……『ハリウッド』が、どうして自分の力に気付いたのか……どうして、殺人鬼になったのか……。私が……滅切に……あいつらに何をされたのか」

微笑んではいるが、声が僅かに震えている。恐らくは――体の内に宿っていた『血』はともかく――平穏に暮らしていた自分を殺人者へと追い込んだ記憶を思い出しているのだろう。

幽平はそんな彼女の顔を見て、やはり表情一つ変えずに告げる。

「話したくないなら、無理しない方がいい」

「貴方に……聞いて欲しいんです」

「断る」

珍しく断定的な口調で言う幽平に、殺人鬼と呼ばれていた女はビクリと体を震わせた。

戸惑うルリに対し、幽平は、やはり、やはり淡々と重要な言葉を口にする。

「全部俺に話したら、ルリさん、死ぬつもりだろ？」

「……」

それは、肯定も同然の沈黙だった。

「俺はね、ルリさん。王様の耳の秘密を吹き込む木のウロなんかじゃないんだ」

怒っているのかどうかも解らぬまま、ただ、幽平は口を動かし続ける。

「俺は見ての通りの人間だから……他人の心が解らないなら、せめて解る努力はしようと思って……ずっとずっと観察し続けてきた」

「……」

「だから、大体貴女の考えは解ります。気持ちは相変わらず解らないけど、考えは解ります。俺は、ルリさんには死んで欲しくない。だから何も言わないで欲しい」

「……。……やっぱり、貴方は怪物なのかもしれませんね」

ルリは蔑みではなく、怪物という単語に敬意を込めて口にする。

「私は……子供の頃から、全部全部壊したいって思ってたんですよ？　でも……それ以上に、私は結局周りを失う事が怖かった。一度、完全に自分が壊れるまで……怪物になれなかった。結局私は、自分を失うのが一番怖かったんだと思います」

「失うのが怖い。それも一つの愛だって言ってもいいんじゃないかな」

笑いながら言えばキザ台詞として笑いも取れるのだろうが、全くの無表情で紡がれる言葉は妙な威圧感すら感じさせる。

少しだけ沈黙が訪れた中——今度は、幽平が静寂を打ち砕いた。

「……一つ、言わなかった事がある」

「？　なんですか？」

「俺の部屋で、君に引き倒されて上に乗っかられた時——俺、凄く動揺してたんだと思う」

「……え？」

あのまま手刀を突き刺しても、悲鳴一つあげずに死んでいっただろう。ルリはそう確信していた。一体何を言い出すのかと思い、相手の顔をじっと見つめると——

幽平はその瞳を見つめ返し、ほんの僅かに、困ったような感情を込めて呟いた。

「心臓の鼓動が早くなって、胸が熱くなった」

「……」

「……」

「口説いてるん……ですか？　それ」

「事実を言っただけだけど」

不思議そうに首を傾げる『完璧な青年』に、ルリは思わず吹き出した。

「子供みたいな人ですね、幽平さん」

先刻の陰のある笑みではなく、自らもまた子供のような無邪気な微笑みを浮かべながら——

殺人鬼だった娘は、小さな声で呟いた。

「そういう所……嫌いじゃないですよ」

チャットルーム

折原臨也『それじゃあ、「殺人機械」の方はどうなる？　何故あの殺し屋がセルティの手助けをするんだ？』

九十九屋真一『……驚いた、今回の君は本当に情報弱者だな。池袋に見捨てられたか？』

折原臨也『どういう事だ？』

九十九屋真一『どうもこうも……その辺は、殆どお前の妹達が原因だぞ？』

折原臨也『何？』

♂♀

池袋　サンシャイン60通り

事件から数日後の夕刻――

♂♀

クルリとマイルは、後ろに荷物持ちとしてエゴールを引き連れてショッピングに繰り出していた。

　パルコなどで双子の少女が買い求めた荷物を大量に持ちながら、顔面に包帯を巻いた男が不思議そうに口を開く。

「これだけ服を買ったのに、まだ服を買いに回るのかい」

「序」

「文句言っちゃだめだよ！　エゴールさん！　せっかく治療費立て替えてあげたのに、セルテイさんをまんまと逃がしちゃうんだもの！」

　拾った金を着服して恩を着せる。盗人猛々しいとはこのことだが、人間ではないセルティの落とした現金に法律がどの程度当てはまるのかは疑問が残る所だろう。それでも、落とし主不明の札束をネコババした事にはなるのだろうが。

「それは申し訳ありませんでした、御嬢様」

　イヤミな程に恭しく頭を下げる殺し屋の男に、マイルは悪い気分はせずニカリと笑う。

「まー、でも、いいよ！　許してあげる！　元々あの暴走族の連中も、私達を追っかけてたようなもんだからね！　それから助けてくれたって事にしちゃうよ！　感謝して！　スペシャルに！　カナディアン風に感謝して！」

　わけの解らない事を言いながらヘヘンと胸を反らすマイルの頭を、クルリが溜息を吐きながらゴツリとこづく。

「痛ぁ!?」

「謙」

そんな姉妹の後を、殺し屋の男は姿勢を正して付き従う。


結論として、クルリとマイルの行動は『黒バイクを見たい、正体を暴きたい』という事で一貫していたと言える。

彼女達が拾った、黒バイクの落としもの。

とある情報筋から、その封筒に書かれていたセルティという名前が黒バイクを操る運び屋と知り、彼女達は一計を案じる事にした。

治療費を立て替える代わりに、露西亜寿司にいた面々に一芝居打って貰う事にしたのである。

板長が顔を隠してセルティと接触、バッグに隠れて運ばれたエゴールがセルティのアジト、または休憩場所などにたどり着いた所でクルリ達の携帯に連絡する。そういう手筈だったのだ。

怪我人に頼むのも気が引けたのだが、当のエゴールが『そういうのは得意ですので』と言って率先して引き受け、計画は幕をあけた。

実際の所、セルティに会いたいのならば、実はサイモンに紹介して貰えば済むだけの話だったのだが――肝心のサイモンはドッキリ企画か何かだと思っていたようで、双子のセルティ捕獲大作戦は空回りへと向かって一直線に突き進んでいった。

逆に言えば——ただそれだけの目的と、そんな行き当たりばったりな計画の為に、彼女達は拾った100万円をぽんと使い捨ててしまったのだが——

結果として、金は全額セルティ一家に戻る事となった次第である。


「それにしても、結局ガード下であの暴走族とかを捕まえたのって、エゴールさんなんだよね？　凄いよね？　ただものじゃーないと思ってたけど、やっぱりロシアの超強い軍人さんなんでしよ？　ねえねえ、今度私の通ってる道場に遊びに来てよ！」

「凄」

「いえ……もう一人のおかげですよ」


こうして、池袋屈指のトラブルメーカー達は、武力という最悪の手駒を手に入れてしまったのだが——彼女達自身は特にそんな事など考えず、ただ、お互いだけを見つめていた。

一つの生命に回帰したいからこそ、違う人生を歩み、互いを愛し続ける二人。


「じゃあ、後は今日のお鍋の材料を買って帰ろっか！　エゴールさんもせっかくだからうちで食べていきなよ！」

「……まあ、暫く仕事も休業中ですので、ご相伴に与れるのでしたら是非」

「鍋……」


多くの矛盾をはらんだ彼女達をも——街は、ただ黙って自分の中に受け入れる。

まるで、街自身が新しい風を望んでいるかのように。

♂♀

チャットルーム

折原臨也『結局……「殺人機械」と「殺人鬼」、全くセルティに関わりの無かった事件の当事者達が、それぞれセルティを助けた、という事か……』

九十九屋真一『皮肉だな。しかも、二人を最初にこじつけたのは、君の大嫌いな静雄ときた』

折原臨也『……』

九十九屋真一『そんな拗ねるなよ。池袋は休日を楽しんだんだ。新宿にいたお前が関われなかったのはいいことだ!』

折原臨也『まだそんな馬鹿な事を言っているのか?』

九十九屋真一『お前は相変わらず、人間は好きなのに街の人格は認めないんだな』

折原臨也『オカルト話がしたいわけじゃない』
九十九屋真一『そんなんじゃないさ。街っていうのはな、いくつものミーム……っていうか、まあ、人間っていう名前の脳細胞がいくつも集まって、その細胞同士のやり取りが街の心を生み出すんだ。細胞一個一個じゃ意味はない。あくまで、やりとりがあってこそ――初めて、街は人格を獲得し、休日を楽しみ出すんだ』
折原臨也『理屈的には解るが、俺にはあまり興味の無い話だ。今日はこれで失礼するさ』
九十九屋真一『ああ、静雄に殴られないように気を付けろよ。サイモンにもな』
折原臨也『いつか、リアルのお前の住所を探り当てた時を覚えておけよ』

折原臨也、死亡確認！

九十九屋真一『解ってると思うが、俺はいつでも、24時間このチャットルームにいるからな』

九十九屋真一のターーン！
九十九屋真一のターーン！
九十九屋真一のターーン！
九十九屋真一のターーン！

九十九屋(つくもや)真一(しんいち)のターン！
九十九屋真一のターン！
九十九屋真一のターン！
九十九屋真一のターン！
九十九屋真一のターン！

・・・

エピローグ2　座談会

池袋　川越街道某所

「はいはーい。いいですかー皆さん！　三五八漬けっていうのは、コウジの質とそれぞれの材料の割合が命なんですッ！　名前の通り、塩3、コウジ5、米8の割合で漬け床を作るだけです！　簡単ですけど、色々な料理に使える魔法の漬け床なんですよッ！」

テンション高く料理の作り方を指示するのは、『誠二ラブ』と書いたピンク色のエプロンを纏う、首に大きな傷を持ったストーカー少女、張間美香その人である。

自分の『首』と同じ顔をしている美香がてきぱきと料理をこなしていくのを見て、セルティはなんとも微妙な気分に陥った。

セルティの賞金首も解除され、彼女はこれ幸いにと料理を習う事にした。

最初は杏里に習おうと思って呼んだのだが、彼女も全く料理ができないという。

そこで手先の器用な狩沢を呼んだのだが、和食が全くできない事が判明。

最終目標である鰰の三五八漬けを作る為に、セルティは和食ができる人間を捜したのだが――杏里が連れてきたのが、よりにもよって美香だったのだ。

当然のように一緒に付いてきた矢霧誠二は、セルティを見るなり『首はもう捜さないのか？』と尋ねてきて、彼女が頷くと『自分で捜すしかないか……』と妙な闘志を燃やしていた。

それを柱の陰から盗み聞きしていた美香の姿も確認していただけに、セルティはどうにも妙なやりにくさを感じていたのだが――確かに、美香の料理の腕前は一級品だった。

華麗な包丁裁きで様々なつまみを作ったかと思うと、セルティの念願だった三五八の漬け床もあっという間に作ってしまう。

せっかくだからみんなで御飯を食べようと、セルティは適当に魚を買って来たのだが――。

「さあ！　あとはこれに魚を漬け込んで、一晩寝かせるだけです！」

――一晩……？

このままでは食事抜きになると慌てた所で――新羅がポンと手を叩く。

「鍋にしよう」

「せっかくだから、知り合いをできるだけ呼んで鍋パーティーをやろうじゃないか」

♂♀

肉　肉　野菜　肉　野菜
　肉　肉　野菜　肉　野菜
とうふはごまだれ　やさいはポンズ
　おにくにつけるは　あぶらみしだい

現在の室内の状況を表すならば、その四行(ぎょう)だけで済まされる事だろう。

それほどまでに、彼らは鍋に向かってがっついていた。

川越街道沿い(かわごえかいどうぞ)にある、高級マンションの最上階。

二十畳近く(じょうちか)ある広大なダイニング内は、それでも少々狭く感じられる程(ほど)の熱気に満ちていた。

大きなテーブルの周りには十人前後の人間が集まっており、二つ用意されたガスコンロの上には、それぞれ同じぐらいの大きさの土鍋(どなべ)が載っている。

その鍋を囲むのは、学生服の生徒やらバーテン服の男やら白人女性やら、なんともまとまりの無い集団だった。

「はいはーい、肉の追加、できたよー」

漫画キャラの抱き枕カバーを加工して作ったエプロンを着けながら、若い女性がニコやかに大皿を運んでくる。

それに合わせて、箸がテーブルの上を舞い、なんとも行儀の悪いチャンバラが巻き起こる。

ダイニングのそんな様子を見ながら、一続きになっている洋室のソファーに腰をかけている存在があった。

いかにも寛いでいるといった姿勢なのだが、そのシルエットには異常な点が一つ。

ソファに腰掛けて足を組むその黒い影には——首から上が存在しなかった。

すると、その隣に白衣の青年が腰掛ける。

黒い影は首が無いにも関わらず、手を動かして懐からＰＤＡを取り出し、文字を綴る。

『お前は食わなくていいのか』

「俺はほら、君の笑顔を見てれば、それだけでお腹いっぱいだよ」

顔の無い相手に対して妙な事を言う青年。影は僅かに肩を竦めて再び文字を打ち込んだ。

『余計な気遣いだ。でも、ありがとな』

白衣の男はその文字を読んで照れたようにはにかみ、シャブシャブの喧噪を聞きながら感慨深げに口を開く。

「しかし、ここ数日はほんと大変だったよねえ」

『まあな』

「あれはそう……僕が受けた放置プレイから語るべきだろうか……」

『放置プレイって言うな！』

セルティが新羅の首を絞め、それこそいつも通りの光景が戻ってきた家の中。

彼女は不意に真剣な空気を纏い、ＰＤＡに一つの問いを打ち込んだ。

『私は結局、どうすれば良かったんだろうな』

「何が？」

『結局、何がなんだか解らないまま全てが終わった。私は……どうだろう、このまま、運び屋の仕事を続けるべきなのかな……』

「どうしたのさ、急に」

『私が何かヤバイ仕事を受けたときに、私は大丈夫でも、新羅達に迷惑が』

と、書きかけたＰＤＡに手を差し伸べ、蓋をパタリと閉じる新羅。

「ないだも言ったろ、家族なんだから、迷惑ぐらいなんとも無いし……そもそも、君と一緒に上れる壁なら、どんな困難だろうが迷惑だとは思わない」

『……』

「僕はね、君に愛してもらうっていう最大の壁を乗り越えたんだよ？」

恥ずかしげもなく堂々と言い放つキザな闇医者を前に――セルティは心中で微笑みながら、横にあったヘルメットを持ち上げ、その額を新羅の額にコツンと当てる。

楽しそうに惚気る彼女達を始めとして——食卓を囲んでいる者達は、それぞれの日常の中で、それぞれの小さな幸せを嚙みしめていた。

それこそ、街という括りの中にある、巨大な家族の一員であるかのように——

皆は、自分達の日常の中に己の居場所を見つけていく。

まるで休日を楽しんだ『街』が、ささやかな恩返しをしているとでも言うかのように。

♂♀

『それにしても、あの日は儲かったなあ。色々良く解らなかったけど、前金で八十万円貰えたし。……っていうか、結局荷物が自力で動き出したわけだけど、あれって仕事こなした事にしちゃっていいのかな？』

「まあ、文句言ってこなきゃいいんじゃない？　僕もあの日の夜は大変だったけど、二十万円の収入があったしね」

『おお！　合わせて百万……丁度私が落とした額を回収できたぞ！』

「やったねセルティ！　これも僕達の愛の力がなせる業さ！」

実のところ、その金は全額セルティが落とした紙幣そのものであり、彼女とセルティは丸一日ただ働きをしただけなのだが——

いつか気付くのか、それとも気付かないのか――それはまた別の話。

♂♀

チャットルーム

田中太郎【そう言えば今日、知り合いと鍋を囲んだんですよ】
セットン【偶然ですねー、私もですよ】
甘楽【ええっ!? お鍋? こんな時期にですか!?】
狂【あら、偶然ですわね! 私達も本日はしゃぶしゃぶを楽しませて頂きましたの!】
参【美味しかった】
内緒モード　甘楽【ああ、また来てたのか】
内緒モード　甘楽【お前らまで。どこで鍋なんて。一緒に鍋やる友達なんていたのか?】
内緒モード　狂【あらあら】
内緒モード　狂【乙女の友情に簡単に割り込めるとは思わないで頂きたいですわね、兄さん】

参【内緒】
田中太郎【?】
内緒モード 甘楽【だからマイルはとっとと内緒モードの使い方を覚えてくれ……!】
バキュラ【俺も友達の女の子と、二人きりでスキヤキを食いに行ったんですよ。ほら、知りませんか? 1500円ぐらいで食べ放題になるスキヤキのお店】
田中太郎【あー、チェーン店でありますよね!】
罪歌【おなべ、せっとんさんとたべました。おいしかったです】
甘楽【まったくもー、みんな季節感なさ過ぎですよッ?】
甘楽【鍋物なんて、冬にだけ食べてればいいんですから!】

♂♀

新宿某所 臨也のマンション

「あのさ、波江」

「なに？」

自分のノートパソコンに向かって淡々と雑務をこなす波江に向かって、デスクトップの画面を無言で見つめながら、爽やかな笑顔で言葉を紡ぐ。

「鍋でも奢ってあげようか？　しゃぶしゃぶでもカニ鍋でも、好きなものを選ぶといい」

「チャット仲間がみんな鍋してるからって、自分の虚栄心を満たすのに私を利用するのは止めてくれない？」

波江の言葉に、臨也は頬を僅かに引きつらせて首を振った。

「……見てたのか」

「ずっと前からね」

「さては……俺の妹達に、セルティの事を教えたのも君か？」

「どうかしらねえ。……あら、貴方のネカマ言葉、最近ますます気持ち悪いわね」

雑務をこなしながらチャットの様子を自分のパソコンで覗き見ていた波江は、臨也を一瞥すると意地の悪い笑みを浮かべて皮肉を紡ぐ。

「それにしても……貴方もちょっとは人間らしい所があるのね。流石は永遠の21歳といった所かしら？」

「君、なんかだんだん侮れない人間になってきてるよね……。糞、やっぱり参加者以外の閲覧禁止にした方がいいな。九十九屋の所みたいに」

ぶつくさと文句を言いながら、今回最後まで蚊帳の外だった黒幕気質の男は窓の外に目を向ける。

視界に入る新宿の町並みを見て臨也は静かに考える。

安堵できる『日常』などというものは、とうの昔に捨ててきた。

自分には必要の無い物だと思いながら、人間には必要な物だという事も理解できる。

臨也はチャットの中で楽しそうに日常を謳歌する面々を羨み――

窓から空を見上げながら、池袋という街そのものを羨んだ。

そんな男の嫉妬すらも呑み込んで――

街は、今日も休日を謳歌する。

ネクストプロローグ

一頻り池袋の休日を羨んだ後——

臨也は、静かに目を閉じ嗤う。

「そうだねえ……俺もそろそろ、休日を楽しむかな」

今回の事件で完全に除け者となっていた男は、その事に対して復讐するかのように、ただ、嗤う。

「火種は……いくらでも転がってるんだからね」

♂♀

事件当日　夜

布団の中に入りながら、杏里は静かに考える。

今日、セルティを助けていた包帯姿の男の事を。

——顔は包帯を巻いていたけど……間違い無い。あの人だ。

一日前の夕方、カラオケの帰りにガスマスクの男と話していた白人の男。

その時の事を思い出し、杏里は布団を頭まで被り、己の内に響く呪いと対峙する。


ガスマスクの男と話していた時——

ぽん、と、背中から肩に手がかけられた刹那——彼女の全身に、嫌なプレッシャーが襲いかかった。冷たい鋭さが彼女の肩に走り、一瞬だけ彼女の中で時間が止まる。

まるで全身をまさぐられているような、体の自由を奪われるような感覚。

ジグジグジグジグジグジグと——

その歪な軋みによる行進曲がピークに達するのと同時に、全身の細胞が叫びあげる。

背後にいる男は危険だと。

杏里自身が想像しているよりも、遥かに遥かに危険な存在なのだと。

だからこそ、この瞬間に愛してしまうべきだと。

――あの瞬間――


全身をまさぐっていたのは、あの男の気配ではない。

ジグジグジグジグと体の中を軋ませていたのは、『罪歌』その物であり――

肩に手を置かれた瞬間、彼女だけは気が付いた。

全身の細胞が悲鳴をあげ――『罪歌』の本体が、彼女の肩から切っ先を具現化させ――杏里の肩に置かれた掌を切り裂いていたという事に。

結果として――白人の男は、杏里が望んだわけでもなく『罪歌』の『子』となった。

普段の生活に支障は無いとはいえ、明らかに堅気の人間ではないとはいえ、確実に呪いを与えてしまった事実に衝撃を受ける杏里。


――もしも……。


――もしも、今日みたいに、罪歌が勝手に……竜ケ峰君や紀田君を刺したら……。

既に受け入れたつもりだった『呪い』を、まだどこかで甘く見ていたのだと気付いた瞬間、杏里は途轍もない恐怖に襲われた。

罪歌に支配されてしまうのではないかという恐怖ではなく――

自分が、罪歌を使って愛する者達を支配してしまうのではないかという恐怖を覚えながら――

園原杏里は、静かに呪いの声を聞き続けた。

愛しているという呪いの声を、いつまでも、いつまでも――

♂♀

露西亜寿司（ロシアずし）　三人のロシア人による母国語（ぼこくご）での会話

『で、エゴール。リンギーリン大佐（たいさ）の懐刀（ふところがたな）のお前が来たって事は……なんかあったのか？』

『はい、組織から二人脱走者が出ましてね』

『ハハ！　俺らの事か？　今更（いまさら）俺らを始末（しまつ）しに来たってわけか？』

『いえ……貴方（あなた）達を今更どうこうする気はリンギーリン大佐にもありませんよ。脱走したのは、貴方達の知らない二人組なんですが……』

『どうにも東京に潜（ひそ）んでいるらしいので、一応あなた方にも知らせておこうと思いまして。もっとも、ちょっとしたアルバイトに手を出したせいで、私は整形（せいけい）するハメになりましたが』

♂♀

粟楠会（あわくすかい）　幹部（かんぶ）達の会話

「それで……澱切はまだ見つからないんですか？」

「……他の組は、俺らが始末したと思ってるらしいがな」

「あの狸め……複数の組と浮気してるとはな、とことん舐められたもんだ」

「油断はできませんよ。たかが芸能事務所の社長と侮るには……あいつは、ちょっと不可解な所が多すぎますから」

「……『ハリウッド』とかち合わせさせたって事は、俺らは奴にとって捨て駒って事か？」

「舐めやがって」

「情報に金を惜しむな。……なんとしても、あのペテン師を永遠に溺れさせてやれ」

♂♀

池袋某所　ある少年達の会話

「竜ヶ峰先輩はねえ、面白いよ。うん、あの人は面白い人だ。友達にしたら、紀田先輩よりも面白いかもしれない」

「何を根拠に」「まーたお前の病気が始まったよ」「ヒヒッ」

「こないだ……一台のバンの中で族の連中に襲われたって話はしたろ？」

「つーか、その内の一チームはお前が呼んだんだろ？　泉井」

「旧姓で呼ぶなって。兄貴の面を思い出すだろ」

「兄弟で名字が違うってのも大変だな。まあ、少年院入ってるような兄貴とは名字違う方が嬉しいか？」

「兄貴はな……せっかく俺が作ったブルースクウェアをあっさり潰してくれてさあ。使えないにも程がある」

「で、使えそうな竜ヶ峰先輩はどんな感じだったんだ？　さっさと話せよ」

「……ああ、悪い悪い。……そう、あの時、明らかにヤバイとしか思えない、泣いてもおかしくないような状況でさあ……。竜ヶ峰先輩……ちょっと、嬉しそうに笑ってたんだよ」

「マジか？」「マゾか？」「ヒヒッ」

「いやあ、アレはねえ、面白い先輩だよ。きっと、愛してるんだ」

「愛？」

「誰よりも誰よりも、例えそれが危険な状況だろうと——日常から乖離した、漫画みたいな状況がさあ……誰よりも好きなんだよ、そういうタイプの人だ。だからこそ……竜ヶ峰先輩はダラーズを作ったのさ」

「よくわかんね」「日常からカイリって何だ？」「おめー頭悪すぎだべ」

「転がすぞコラ」「ヒヒッ」

「喧嘩すんなって。……ま、せっかく、黄巾賊とダラーズの抗争が面白くなりそうだったのに——大してつぶし合わないまま終わりってのもつまらないだろう？」

「だから、お前が新しい火種を作ろうってんだろ？　青葉」

「ああ、だけどな……その火種を横から掻っ攫って自分で使う奴がいる。俺達が片付けるべきなのは、まずはそのハイエナ野郎……折原臨也だ」

「どんな手を使っても、か？」

「あ、言っておくけど、臨也の妹の二人には手を出すなよ。俺、あいつらは気に入ったんだ。ほら、こないだ言ったろ、突然俺にキスしてくれた女子が……」

「……殺す！」

「イテテテテ、やめろ、やめろバカ！　こんな事でマジ切れするから、お前はいつまで経ってもモテないんだよ……イテテテテテテテテテテ！　待て！　今なんかブチっていった俺の中で何かがブチって鳴ったイテテテテテテッテテッ！」

「おーい、死ぬぞ、黒沼死ぬぞマジで」「ま、適当に殺ろうぜ、適当に」「ヒヒッ」

「火種は、本当にどこにでも、いくらでも転がってるんだ」

臨也は静かに笑いながら、波江の前で独り言のように口を開く。

「俺がやるのは、その火種を掠め取って——一カ所に放り込んでやるだけさ」

火種が燃え上がった時の事を想像したのか、どこか恍惚とした表情で首を振る情報屋。

「そして俺は、その『街』とやらに言ってやるのさ」

楽しそうに楽しそうに、自分自身に言い聞かせるように——

敢えて自分に酔いながら、ほんの僅かに憎しみを織り交ぜ、臨也は一言呟いた。

「休日は終わりだ糞野郎。ってね」

♂♀

♂♀

街だって『休みたい』って思う事がある。
それはこの前も言ったと思う。
ならば、休み終わったらどうするのか？
当然、街は日常に戻る。そうなったら、当然街に君達を眺める暇なんか存在しない。
街の人間達を弄ぶなんて、とてもじゃないけど暇な時しかできやしないんだからね。
だからね、例えば、例えば池袋なんかで、絶望的な状況に陥っても——
割り切るんだ。街は、君を助けてくれない。素直に警察に駆け込むべきだってね。
なにしろ、日常に戻った『街』は、君の状況に気付いてすらいないんだから。
だけどね、忘れちゃいけない。君達もまた、街の一部だって事を。
街の一部として、君達はただ、全力で自分のすべきことをやればいい。
そうすれば——いつかまた、街は休みたいと思うだろうから。
また君達に会える事を祈ってるよ。
君達の休日に、街の祝福があらんことを——

メディアワックス刊　池袋散歩解説書『池袋、逆襲II』より
著者である九十九屋真一のあとがきより抜粋

CAST

セルティ・ストゥルルソン
岸谷新羅

竜ヶ峰帝人
園原杏里

黒沼青葉
折原九瑠璃
折原舞流

羽島幽平
聖辺ルリ

折原臨也
矢霧波江

遊馬崎ウォーカー
狩沢絵理華
門田京平

平和島静雄
サイモン・ブレジネフ

紀田正臣
張間美香
矢霧誠二

岸谷森厳
エミリア

四木
田中トム
葛原金之助
九十九屋真一

STAFF
著　成田良悟
イラスト＆ビジュアルコンセプト　ヤスダスズヒト（AWA STUDIO）
デザイン　鎌部善彦
編集　鈴木Sue
和田敦
発行　株式会社メディアワークス
発売　株式会社角川書店

『デュラララ!!×4』完

あとがき

どうも、『デュラララ!!』読者の皆様、本当にお久しぶりです。成田です。
今回は大きな話の合間の、各キャラクターの『日常』を描かせて頂きまして、次回からまた色々焦臭い話が書ければと思っています。
この原稿の執筆にあたり――スケジュールが他の締め切りと四つぐらい重なってエライ事になりました。具体的に言うと原稿をあげる最後の三日間は完全に徹夜状態で、一晩寝て起きたら血尿が出て、この後書き書いてる時点で胃に痛みが。というぐらいヤバイ状態です。胃を除いて少しずつ回復してきていますが、流石にこのままじゃ壊れると思ったので、数ヶ月ほど次の文庫まで間を開けさせて頂くかもしれません……申し訳ありません。

『デュラララ!!』とは別シリーズである『バッカーノ！』ですが、現在地上波やネット、ＣＳ放送などでの再放送が始まっており、この本が出る頃にはニンテンドーＤＳのゲームも発売している筈です。電撃文庫換算で１００ページを超える書き下ろしをさせて頂きましたので、もし興味のある方がいれば原作、アニメ共々にお楽しみ頂ければ幸いです。

今後の予定としましては――体調が治らないようだったら医者に……というのは置いてお

きまして、とりあえず『ヴぁんぷ！』『5656！』『バッカーノ！　1710』『デュララ‼』を上手くローテーションさせて、合間に『世界の中心、針山さん』の短編を書いて行ければなと思っております。一つのシリーズだけ追っていて下さる皆様にはお待たせしてしまって申し訳ありませんが、これを機会に別シリーズも手にとって頂ければ幸いです……！

最後に御礼関係となりますが――


今回、色々とスケジュール的な無茶を通して下さいました電撃編集部の皆さん並びに印刷所の皆さん、校閲さん、そして休日出勤までして下さった担当の和田さん。

作品ネタを使わせていただきました鎌池和馬さん、有沢まみずさん。並びに色々意見を下さったりしてお世話になった三田誠さん、鈴木鈴さんを始めとした多くの作家の皆さん。

店をモデルに使わせて下さった『Smile Cafe Roots』の皆さん。

その他、友人、知人、家族。

ギリギリを越えたスケジュールだったにも関わらず、ちゃんと原稿を全て読み込んでからイラストを描いて下さったヤスダスズヒトさん。

そして、なによりも読者の皆様へ。

本当にありがとうございました……！

今後とも、池袋の奇妙な日常におつきあい頂ければ幸いです……！

成田良悟

◉成田良悟著作リスト

「バッカーノ！ The Rolling Bootlegs」（電撃文庫）
「バッカーノ！ 1931鈍行編 The Grand Punk Railroad」（同）
「バッカーノ！ 1931特急編 The Grand Punk Railroad」（同）
「バッカーノ！ 1932 Drug & The Dominos」（同）
「バッカーノ！ 2001 The Children Of Bottle」（同）
「バッカーノ！ 1933〈上〉 THE SLASH ～クモリノチアメ～」（同）
「バッカーノ！ 1933〈下〉 THE SLASH ～チノアメハ、ハレ～」（同）

「バッカーノ！1934獄中編 Alice In Jails」（同）
「バッカーノ！1934娑婆編 Alice In Jails」（同）
「バッカーノ！1934完結編 Peter Pan In Chains」（同）
「バッカーノ！1705 THE Ironic Light Orchestra」（同）
「バッカーノ！2002【A side】Bullet Garden」（同）
「バッカーノ！2002【B side】Blood Sabbath」（同）
「バウワウ！Two Dog Night」（同）
「Mew Mew！Crazy Cat's Night」（同）
「がるぐる！〈上〉Dancing Beast Night」（同）
「がるぐる！〈下〉Dancing Beast Night」（同）
「デュラララ!!」（同）
「デュラララ!!×2」（同）
「デュラララ!!×3」（同）
「ヴぁんぷ！」（同）
「ヴぁんぷ！II」（同）
「ヴぁんぷ！III」（同）
「世界の中心、針山さん」（同）
「世界の中心、針山さん②」（同）

本書に対するご意見、ご感想をお寄せください。

■

あて先

〒102-8177 東京都千代田区富士見 2-13-3
電撃文庫編集部
「成田良悟先生」係
「ヤスダスズヒト先生」係

■

電撃文庫

デュラララ!!×4

なりたりょうご
成田良悟

2008年 3 月25日　初版発行
2024年11月15日　36版発行

発行者　山下直久
発行　株式会社KADOKAWA
〒102-8177　東京都千代田区富士見 2-13-3
0570-002-301（ナビダイヤル）
装丁者　荻窪裕司（META＋MANIERA）
印刷　株式会社 KADOKAWA
製本　株式会社 KADOKAWA

●お問い合わせ
https://www.kadokawa.co.jp/（「お問い合わせ」へお進みください）
※内容によっては、お答えできない場合があります。
※サポートは日本国内のみとさせていただきます。
※ Japanese text only

※定価はカバーに表示してあります。

ISBN978-4-04-866431-8　C0193　Printed in Japan

電撃文庫　https://dengekibunko.jp/

電撃文庫創刊に際して

文庫は、我が国にとどまらず、世界の書籍の流れのなかで〝小さな巨人〟としての地位を築いてきた。古今東西の名著を、廉価で手に入りやすい形で提供してきたからこそ、人は文庫を自分の師として、また青春の想い出として、語りついできたのである。

その源を、文化的にはドイツのレクラム文庫に求めるにせよ、規模の上でイギリスのペンギンブックスに求めるにせよ、いま文庫は知識人の層の多様化に従って、ますますその意義を大きくしていると言ってよい。

文庫出版の意味するものは、激動の現代のみならず将来にわたって、大きくなることはあっても、小さくなることはないだろう。

「電撃文庫」は、そのように多様化した対象に応え、歴史に耐えうる作品を収録するのはもちろん、新しい世紀を迎えるにあたって、既成の枠をこえる新鮮で強烈なアイ・オープナーたりたい。

その特異さ故に、この存在は、かつて文庫がはじめて出版世界に登場したときと、同じ戸惑いを読書人に与えるかもしれない。

しかし、〈Changing Times,Changing Publishing〉時代は変わって、出版も変わる。時を重ねるなかで、精神の糧として、心の一隅を占めるものとして、次なる文化の担い手の若者たちに確かな評価を得られると信じて、ここに「電撃文庫」を出版する。

1993年6月10日
角川歴彦

電撃文庫

バッカーノ！1931 鈍行編 The Grand Punk Railroad

成田良悟
イラスト／エナミカツミ

大陸横断鉄道に3つの異なる極悪集団が乗り合わせてしまった。そこに、あの馬鹿ップルを始め一筋縄ではいかない乗客達が加わり……これで何も起こらぬ筈がない！

な-9-2 0828

バッカーノ！1931 特急編 The Grand Punk Railroad

成田良悟
イラスト／エナミカツミ

「鈍行編」と同時間軸で視点を変えて語られる「特急編」。前作では書かれなかった様々な謎が明らかになる。事件の裏に蠢いていた〝怪物〟の正体とは——。

な-9-3 0842

バッカーノ！1932 Drug & The Dominos

成田良悟
イラスト／エナミカツミ

新種のドラッグを強奪した男。男を追うマフィア。マフィアに兄を殺され復讐を誓う少女。少女を狙う男。運命はドミノ倒しの様に連鎖し、そして——。

な-9-4 0856

バッカーノ！2001 The Children Of Bottle

成田良悟
イラスト／エナミカツミ

三百年前に別れた仲間を探して北欧の村を訪れた四人の不死者たち。そこで不思議な少女と出会い——。謎に満ちた村で繰り広げられる、『バッカーノ！』異色作。

な-9-6 0902

バッカーノ！1933〈上〉 THE SLASH ～クモリノチアメ～

成田良悟
イラスト／エナミカツミ

奴らは無邪気で残酷で陽気で残酷で優しくて残酷で天然で残酷で——そして斬るのが大好きで……。刃物使い達の死闘は雨を呼ぶ。それは、嵐への予兆——。

な-9-10 0990

電撃文庫

バッカーノ！1933〈下〉 THE SLASH ～チノアメハ、ハレ～

成田良悟
イラスト／エナミカツミ

再び相見える刃物使いたち。だが彼らの死闘（バッカーノ）はもっと危ない奴らを呼び寄せてしまった。血の雨が止む時、雲間から覗く陽光を浴びるのは誰だ——？

な-9-11 1014

バッカーノ！1934 獄中編 Alice In Jails

成田良悟
イラスト／エナミカツミ

泥棒は逮捕され刑務所に。幹部は身代わりで刑務所に。殺人狂は最初から刑務所に。アルカトラズ刑務所に一筋縄ではいかない男達が集い、最悪の事件の幕が開ける。

な-9-19 1331

バッカーノ！1934 娑婆編 Alice In Jails

成田良悟
イラスト／エナミカツミ

副社長は情報を得るためシカゴへ。破壊魔はNYを追い出されシカゴへ。奇妙な集団はボスの命令でシカゴへ。そして、全土を揺るがす事件の真相が——!?

な-9-20 1357

バッカーノ！1934 完結編 Peter Pan In Chains

成田良悟
イラスト／エナミカツミ

娑婆（シカゴ）を揺るがした三百箇所同時爆破事件と二百人の失踪。獄中（アルカトラズ）で起きた殺し屋と不死者を巡る騒動。それに巻き込まれた泣き虫不良少年（ジャグジー・スプロット）と爆弾魔の運命は——!?

な-9-22 1415

バッカーノ！1705 The Ironic Light Orchestra

成田良悟
イラスト／エナミカツミ

1705年のイタリア。15歳のヒューイは人生に退屈し、絶望し、この世界の破壊を考え続けていた。そして、奇妙な連続殺人事件が起き、一人の少年に出会い——。

な-9-23 1454

電撃文庫

バッカーノ！2002【A side】Bullet Garden

成田良悟
イラスト／エナミカツミ

フィーロとエニスの『新婚旅行』に連れられ、日本に向かう事となったチェス。双子の豪華客船が太平洋上ですれ違う時、船は惨劇と混沌に呑み込まれていく――。

な-9-24　1495

バッカーノ！2002【B side】Blood Sabbath

成田良悟
イラスト／エナミカツミ

双子の豪華客船は未曾有の危機に瀕していた。チェス達の乗る『エントランス』に衝突しようと迫る、もう一方の『イグジット』。その船上に存在したモノとは――!?

な-9-25　1513

世界の中心、針山さん

成田良悟
イラスト／ヤスダスズヒト&エナミカツミ

埼玉県所沢市を舞台に巻き起こる様々な出来事。それらの事件に必ず絡む一人の人物の名は――!?　人気イラストレーターコンビで贈る短編連作、文庫化決定！

な-9-15　1158

世界の中心、針山さん②

成田良悟
イラスト／エナミカツミ&ヤスダスズヒト

タクシーにまつわる都市伝説。強すぎて無敵な下級戦闘員の悲哀。殺し屋と死霊術師と呪術士の争い。埼玉県所沢市で起こった事件の中心に、いつも彼がいる――。

な-9-21　1391

ヴぁんぷ！

成田良悟
イラスト／エナミカツミ

ゲルハルト・フォン・バルシュタインは一風変わった子爵であった。まず彼は〝吸血鬼〟であり、しかも〝紳士〟である。だが最も彼を際立たせていたもの、それは――。

な-9-8　0936

電撃文庫

ヴぁんぷ！Ⅱ
成田良悟
イラスト／エナミカツミ

彼らの渾名はニーズホッグとフレースヴェルグ。吸血鬼達から『魂喰らい』と恐れられる『食鬼人』の目的は、バルシュタインに復讐を果たすこと——。

な-9-13　1104

ヴぁんぷ！Ⅲ
成田良悟
イラスト／エナミカツミ

カルナル祭で賑わうグローワース島だが、食鬼人や組織から送られた吸血鬼たちによる侵攻は確実に進んでいた。そして、吸血鬼が活発になる夜の帳が降りていき——。

な-9-14　1133

バウワウ！ Two Dog Night
成田良悟
イラスト／ヤスダスズヒト

九龍城さながらの無法都市と化した人工島を訪れた二人の少年。彼らはその街で全く違う道を歩む。だがその姿は、鏡に映る己を吠える犬のようでもあった——。

な-9-5　0878

MewMew！ Crazy Cat's Night
成田良悟
イラスト／ヤスダスズヒト

無法都市と化した人工島。そこに住む少女・潤はまるで〝猫〟だった。可愛らしくて、しなやかで、気まぐれで——そして全てを切り裂く〝爪〟を持っていて——。

な-9-9　0962

がるぐる！〈上〉 Dancing Beast Night
成田良悟
イラスト／ヤスダスズヒト

無法都市と化した人工島に虹色の髪の男が帰ってくる。そして始まる全ての人々を巻き込んだ殺人鬼の暴走劇。それはまるで島全体を揺るがす咆哮のような——。

な-9-16　1182

電撃文庫

がるぐる！〈下〉Dancing Beast Night	シゴフミ ～Stories of Last Letter～	シゴフミ2 ～Stories of Last Letter～	シゴフミ3 ～Stories of Last Letter～	シゴフミ4 ～Stories of Last Letter～
成田良悟 イラスト／ヤスダスズヒト	雨宮 諒 イラスト／ポコ	雨宮 諒 イラスト／ポコ	雨宮 諒 イラスト／ポコ	雨宮 諒 イラスト／ポコ
人工島を揺るがす爆炎が象徴するものは、美女と野獣（Girl & Ghoul）の結末か、戌と狗（Garuu VS Guruu）の結末か、それとも越佐大橋シリーズの閉幕か——。	鍔付き帽子に、がま口の鞄。喋る不思議な杖を持つ少女が届けるのは、黒い切手の貼られた手紙。それは想いを残して逝った人があなたに宛てた死後文——。	シゴフミを受けとるために向かった先で、文伽とマヤマは意外な差出人と出会う事になって……？（『青い空、白い猫。』）ほか二編収録。奇跡の物語第二集登場。	騙されやすい慶介が出会った少女・蘭は、不登校で、お嬢様で、とびきりかわいくて、そして、嘘つきで——（『嘘とオーロラ』）。やさしい想いが紡ぐ第三集。	文伽が配達人になるきっかけとなった黒いシゴフミ。そこに綴られたのは、マヤマすら知らない文伽の秘めた想いだった……人に許された最後の奇跡の物語、完結編。
な-9-17 1260	あ-17-5 1337	あ-17-6 1408	あ-17-7 1509	あ-17-8 1562

電撃文庫

ゆらゆらと揺れる海の彼方
近藤信義
イラスト／えびね

気が付いたとき、少女は記憶を失っていた。何も分からぬまま歩かされ、そして唐突な憎悪から石を投げつけた相手は闘いの天才にして未来の英雄――。

こ-7-1 0884

ゆらゆらと揺れる海の彼方②
近藤信義
イラスト／えびね

征服したレールダム福音連邦についにその男が現われた。一代にして帝国を築き上げた英雄、シグルド皇帝その人が……！人気の戦記ファンタジー、第2弾！

こ-7-2 0927

ゆらゆらと揺れる海の彼方③
近藤信義
イラスト／えびね

巨大なるアールガウ神聖帝国に、小さなローデウェイク州が公然と叛旗を翻した。頼みの綱はたった一人、戦いの天才、ジュラのみ――。

こ-7-3 0985

ゆらゆらと揺れる海の彼方④
近藤信義
イラスト／えびね

かろうじてアールガウ神聖帝国を退け、建国を宣言したローデウェイク。そんな時期に新たに生じた問題は、新〝国王〟の〝結婚〟に関するもので……。

こ-7-4 1065

ゆらゆらと揺れる海の彼方⑤
近藤信義
イラスト／えびね

バストーニュの内乱に乗じ、ついに黄金の大鷲が動く！ アールガウ軍の侵攻に次々と陥落する都市。一方、内乱の渦中にあるラシードを救うためジュラは――。

こ-7-5 1120